_____ 님

지금 걷고 있는 긴 길,
모든 발걸음을 응원합니다.

김 연 드림

조금, 쓸쓸한 기록

당신은 어느 긴 길 위에 있습니까

김 연 산문집

우리글

조금, 쓸쓸한 기록

당신은 어느 긴 길 위에 있습니까

나는 지금 어느 긴 길 위에 있는가

한두 달 걸러 한번, 〈한라일보〉에 칼럼을 기고한지 어느덧 8년이 지났다. 이 산문집은 그렇게 쌓인 칼럼들을 한데 모아 엮고자 하는 목적으로 기획되었다.

그러나 흩어진 글들을 모아보니 어떤 글은 시간이 흘러 시의성을 잃었고, 어떤 글은 그때의 감정이 넘쳐 설익었으며, 또 어떤 글은 그날의 안타까움과 분노로 객관성을 놓쳤다. 그래서 한동안 모른 척 서랍 속에 넣어두었다.

어느 날 다시 들춰보았을 때 글들을 관통하는 나의 마음이 보였다. 그것은 그날그날, 그 시간 속에서 간절히 전하고자 하는 안부이자 당부였다. 일상의 반경은 다를지라도 동시대를 살고 있는 모든 이들에게 다정한 안부를 건네고 싶었다.

편지처럼 읽히길 바라는 마음으로 문체를 바꾸니 많은 이야기들이 보태어졌다. 또한 한정된 지면을 벗어나자 미처 하지 못했던 말들, 깊숙한 곳에 밀어두었던 속내가 불쑥불쑥 손끝으로 튀어나왔다. 그렇게 길 위에서 붙들고 있던 상념의 흔적이 차곡차곡 쌓여갔다.

글을 업으로 삼은 작가들은 숙명처럼 끌어안고 있는 명제가 있기 마련이다. 그 명제가 작가 한 사람 한 사람의 작품세계를 구축한다고 생각한다.

첫 시집은 지난 발자국을 서둘러 지우고 싶은 마음이 앞서 급하게 세상에 던져졌다. 던지고 나서야 명제를 돌아보기 시작했다. 갈팡질팡하는 시간이 길어지면 질수록 불안감은 깊어졌다. 할 수 있는 건 꿋꿋하게 '읽고, 쓰는 것' 외에 없었다. 스스로에 대한 자책이자 다그침, 그러나 한편으로는 전환점의 계기가 되기를 바라는 마음으로 시작했다. 그런데 아이러니하게도 이 책을 엮는 동안 나의 명제가 보였다.

스치거나 사라지거나 혹은 머물고 있는 모든 인연들
내가 있었던 모든 시간
그 모든 시간을 빼곡히 채웠던 마음들
그렇게 흘러가버린 것들에 대한 '그리움'이었다.

격한 감정은 덜어내고 최대한 편안하게 전하고자 했지만, 여전히 설익은 것들이 많다. 여행, 일상, 예술, 제주, 시의로 크게 글들을 나누어 담았지만, 사실상 경계는 마음으로 연결되기에 그 의미가 크지 않다.

모든 이야기는 내가 감응한 순간들의 기록이지만 결국 우리의 이야기로 흘러간다. 그리고 모든 고백은 항상 '인간적인 것'의 의미를 되물으며 선회한다.

이토록 흔들리는 문장들 위에 그대가 혹, 잠시 머문다면
'긴 길' 위에서 함께 헤매고 있는 사람이 있다는
안도의 위로가 될 수 있기를…….
그 위로가 오늘 하루치의 마음을 온전히 쏟아내어
내일의 발걸음이 조금 가벼워 질 수 있기를 바란다.

2023년 11월
제주에서

차례

2부. 조금 청승맞거나 혹은 비장하거나

3부. 고양이 등에 흐르는 달빛처럼

4부. 서글프도록 아름다운 마지막 은신처

5부. 우리는 그 시대를 건넜을까

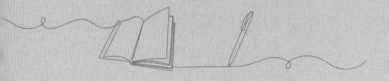

조금, 쓸쓸한 기록

당신은 어느 긴 길 위에 있습니까

떠나지 않으면 알 수 없는

대학시절에는 일주일이 멀다하고 길을 나섰습니다. 겁 없이 훌쩍 길을 나설 수 있었던 용기는 아마도 첫 여행의 기억 때문인 것 같습니다. 벗과의 사소한 다툼으로 계획했던 시간보다 늦게 터미널에 도착했습니다.

정해놓은 목적지도 짜놓은 일정도 없었기에 가장 빨리 출발하는 버스에 올라탔습니다. 그 버스는 진주로 향했습니다. 도착하니 어느새 어두워졌고 그제야 첫 여행의 두려움이 밀려왔습니다.

터미널 주변 여인숙들을 주뼛주뼛 어슬렁거리는데, 어떤 아저씨가 말을 걸었습니다. 알고 보니 제가 탔던 버스 옆자리에 계셨던 분이었습니다.

아저씨는 학생이 여기서 뭐하냐고 물었고 저는 여행 중이며 숙소를 구하고 있다고 대답했습니다. 아저씨는 우려 섞인 목소리로 역과 터미널 근처의 여인숙은 여학생 혼자 머물기에 위험하니 괜찮다면 안전한 숙소로 데려다 준다고 했습니다.

수많은 생각들이 오갔습니다. 어쩌면 도박이었는지도 모르겠습니다. 첫 여행에서 처음 만난 사람, 어쩐지 이 만남이 앞으로 수많은 여행길에 길잡이가 될 것도 같았습니다.

아저씨는 근처에 있는 집에 짐만 내려놓고 차에 타며 저에게 저녁은 먹었냐고 물었습니다. 당연히 먹지 않았었지요. 아저씨와 함께 소소한 이야기를 나누며 진주식式 삼겹살구이에 소주도 한 잔 했습니다. 그리고 아저씨는 저를 안전한 숙소에 데려다 주셨습니다.

지금에 와서 생각해보면 참 겁 없고 철없던 그날, 생경스럽고 어리둥절했던 그 만남은 이후 모든 여행에 부적과도 같은 믿음이 되었습니다. 첫 여행의 기억이 부적이 되었다면, 떠나는 이유를 깨닫게 해 준 여행도 있었습니다.

바다를 보러갈 참이었습니다. 그날 역시 일이 꼬이고 꼬여 떠나려던 시간을 한참 지나고 나서야 겨우 길을 나설 수 있었습니다. 해남 땅 끝으로 가는 길에 발걸음을 몇 번이고 붙잡던 사람들에 대한 원망과 그렇게 되어버린 상황을 한탄할수록 바다에 대한 갈망은 커져갔지요.

목적지에 도착할 때쯤 해는 이미 뉘엿뉘엿 지고 있었고 곧 칠흑 같은 어둠이 내렸습니다. 버스에는 덩그러니 혼자만 남았습니다.

버스기사 아저씨는 혼자 이 시간에 어디로 가는지 물었습니다. 저는 바다를 보러 간다고 했습니다. 버스기사는 의아한 듯 "여가 다 바단디?"라고 되묻듯 답했습니다. 창에는 제 모습만 비칠 뿐 아무 것도 보이지 않았습니다.

버스기사의 배려로 오랜 여관 앞에서 내릴 수 있었습니다. 검은 어둠속에서 들려오는 파도소리가 귓속을 채우고 높은 곳에는 스산하게 초승달이 떠있었습니다.

사방이 어둠으로 깔린 그 곳에 바다는 그 어디에도 없고 공명한 파도 소리만 허공을 휘젓고 있었습니다. 허탈함에 방을 잡은 후 넋 놓고 한참동한 깜깜한 창밖을 바라보다 잠이 들었습니다.

이른 아침 눈을 뜨자마자 창밖을 보니 바로 앞에 하늘과 맞닿아 있는 바다가 펼쳐져 있었습니다. 그토록 힘들게 찾았던 어제는 보이지도 않더니 거짓말처럼 눈부시게 그곳에 있었습니다.

무엇 때문에 이곳에 왔는지 마음이 흔들리기 시작했습니다. 저는 그 길로 방을 나와 허기진 배에 빵과 우유를 밀어 넣고 집으로 돌아갔습니다. 무척 허무한 여행기로 끝났지만, 그 여행이 일상에 미친 영향은 참 컸습니다.

보이지 않았으나 그곳에 있었고, 보였으나 그곳을 떠났으니 결국 여행의 목적이 장소에 있지 않음을 깨달았던 것이지요. 지금도 때때로 일상에 지칠 때면 그때의 '없는 바다'를 떠올립니다. 그러면 멀리서 파도소리가 들려오는 듯도 합니다.

여행이 주는 의미는 모든 사람들이 각기 다를 수 있습니다. 휴식일 수도 있고, 가족과의 친목일 수 있고, 도피이자 회피가 될 수도 있지요. 그러나 그 어떤 것이라도 좋습니다. 결국 여행은 다시 돌아오기 위한 발걸음이겠지요.

떠난다고 해도 그곳 역시 또 다른 삶의 터전입니다. 그리고 돌아 갈 일상의 변화를 기대할 수는 없지만, 다른 곳에서 자신이 있던 자리가 더 선명하게 보이기도 합니다.

힘든 순간일수록 추억은 더욱 선명하게 각인되듯이 한발 떠나 돌아보면, 익숙했던 모든 것들이 낯설어 진짜 자신의 모습이 비춰지기도 합니다. 그것이 떠나지 않으면 알 수 없는 여행의 선물이지 않을까 생각됩니다. '없는 바다'를 바라봤기에 진짜 바다를 품을 수 있었듯이 말입니다.

선물은 떠남을 꿈꾸는 순간부터 심장을 간질이는 발걸음으로 먼저 다가오는 것도 같습니다. 다시 마주할 현실에 대한 두려움이 엄습하기도 하겠지만, 이내 또 떠날 날을 기약합니다. 그리고 조금 더 괜찮은 사람이 되기를 꿈꾸곤 합니다.

그 많은 신들은 어디에

혼자 하는 여행이 익숙해질 때쯤, 꼭 가보고 싶은 나라가 있었습니다. 오랫동안 꿈을 꾼 곳이었습니다. 그곳은 인도입니다.

그즈음 류시화의 『하늘 호수로 떠난 여행』이란 책 덕분에 인도가 여행지로 각광을 받기 시작한 것 같은데, 정작 저를 인도로 이끈 것은 비디오로 본 영화 〈시티 오브 조이〉였습니다.

〈시티 오브 조이〉는 패트릭 스웨이지 주연에 인도를 배경으로 한 롤랑 조페 감독의 작품입니다. 우연히 보게 된 영화 한 편이 그곳에 가고 싶다는 꿈으로 부풀어진 것입니다. 부모님의 우려와 반대를 긴 기간 동안 설득하고 나서야 저는 20kg 배낭을 짊어지고 떠날 수 있었습니다.

청춘 한복판은 소란하지만 적막하기도 해서, 급하게 들이킨 독한 술이 남긴 후회처럼 찰나의 화염은 금세 식은 숭늉 같은 허무를 몰고 오기도 합니다. 아마도 그때 저는 영화 속 주인공 맥스처럼 사라지고 싶기도 했고, 치유 받고 싶기도 했으며, 희망을 찾고 싶기도 했었나 봅니다.

인도에 대한 기억은 파편처럼 흩어져 있습니다. 모든 탈 것과 사람을 비롯한 모든 동물이 한 길을 오가던 혼돈, 더없이 맑은 눈으로 구걸하던 아이들, 밤하늘 빼곡히 빛나는 별을 이불삼아 잠을 청했던 자이살메르 사막에서의 하루.

인도는 흔히 호불호가 극명하게 나뉘는 여행지라고 하지요. 두 번 다시 가지 않겠다는 사람이 있고, 생에 한번쯤은 그곳에서 살고 싶다는 사람도 있습니다. 여하튼 잠시 머물다 가는 여행지가 아닌 것은 분명합니다.

무질서의 질서를 만드는 희한한 나라, 생과 사의 경계를 지우는 그들만의 삶의 방식, 절대적 빈곤과 부가 공존하는 곳, 그 불가해하고 난해한 나라를 잠깐의 마주침으로는 눈치 챌 수 없을 것입니다.

오래 머문다고 머물렀으나, 그보다 더 오래 그리워했습니다. 그러다 어느 순간에는 정작 무엇이, 왜 그리운지조차 희미해지기도 했습니다. 그저 막연함만 남아있었습니다.

바이러스가 지구에 깊이 파고든 이른 봄, 인도는 매일 수십만 명의 확진자가 나오고 있을 때여서 모든 곳이 아비규환이었습니다. 갠지스 강가에 앉아 바라보던 질퍽한 물빛과 가트 화장터의 풍경이 매캐하게 눈을 밟았습니다.

인도는 3억 3천명의 신들이 산다고 합니다. 3억 3천의 신을 헤아린다는 것은 사실상 불가능하겠지요. 그것은 세상만물 모두의 가치를 숭배하는 그들의 문화를 상징하고 그만큼 신이 삶 속에 깊이 스며들어 있음을 뜻하는 것일 겁니다.

신화 이야기를 들여다보면 대부분 신비한 출생과정을 거쳐 고난과 역경을 통해 신격화하는 과정을 그립니다. 신들 역시 반드시 거쳐야하는 과정이 고난과 역경이라면 지금의 고난은 무엇에 기인하여 무엇을 위해 향하는 과정일까 나지막이 물었습니다.

영화 속에서 "사는 게 왜 이리 힘들까요?"라고 물었던 하사리의 대사가 먹먹하게 맴돕니다. 그 질문에 맥스는 "그러게 말이에요. 그래서 기쁨도 더 큰가 봐요."라고 대답했습니다.

신을 향한 믿음으로 불행해도 행복한 그들의 땅에 더 큰 기쁨이 찾아오기를, 그들의 무모한 순수가 다시 신을 부르기를, 깊이 염원하는 봄입니다.

샤먼에 기대어

기억의 처형은 환각을 낳고
환한 빛 새어나오는
이곳은 따뜻한 지옥이구나
마음의 잔 가지
불쏘시개 삼아 던져 넣고
없는 당신에게 길을 묻는다

첫 번째 몽골 여행은 2017년 여름이었습니다. 그 해, 7년 동안 지켜오던 작은 카페를 정리했습니다. 7년 동안 일주일에 단 하루 쉬는 날을 제외하고는 하루 열 한 시간을 아홉 평 카페에서 보낸 것입니다.

오고 가는 사람들의 소소한 이야기와 손님이 뜸한 시간에 야금야금 읽어 내려간 책들로 따뜻함이 없었던 것은 아니었지만, 벗어날 수 없어서 때로 지치기도 했습니다.

해가 바뀌어도 실감되지 않는 아버지의 부재와 같은 해 시월, 태풍에 날아가 버린 간판은 애써 외면하고 있었던 지친 몸과 마음을 아프게 확인시켜 주었습니다. 주변의 따뜻한 인연들 덕분에 카페는 복구되었으나, 마음은 쉽사리 복구되지 않았습니다.

결국 다음해, 카페를 정리하고 먼 길을 떠났습니다. 그곳이 몽골이었습니다. 몽골이어야 하는 이유는 없었습니다. 그저 떠나지 못했던 긴 시간 속에서 서둘러 나를 끄집어내고픈 간절함이 컸습니다.

그리고 2년 뒤, 두 번째 몽골여행을 떠났습니다. 첫 번째 몽골여행이 버리기 위한 여행이었다면, 두 번째는 다시 무엇이든 확인하고 찾고자 하는 마음이 몽골을 향하게 했습니다.

몽골은 여전히 저에게 가장 고단한 휴식을 안겨주는 곳이었습니다. 길 아닌 길들을 지도 한 장에 기대어 끝없이 달리며, 흔들리는 차창 밖으로 펼쳐지는 초원을 바라보았습니다. 그러다가 밤이면 대자연 속 작은 게르에 숨어들어 흐르는 은하수에 그날의 위안을 받곤 했습니다.

'무엇을 위해 이토록 고된 여행을 하는가'라는 물음을 수없이 던졌지만, 일상으로 돌아와 가장 오래도록 잔상이 남는 곳 역시 몽골입니다.

두 번째 몽골 여행은 칭기즈칸의 탄생지이자 어린 시절을 보낸 동부로 향했습니다. 동부는 테를지 국립공원이나 홉스골, 고비처럼 관광객이 잘 향하는 곳이 아니었기에 게르 캠프를 발견하기가 쉽지 않습니다.

우리는 예비 텐트를 차에 싣고 먼 길을 떠났습니다. 햇살을 피할 수 있는 곳은 흘러가는 구름 그림자가 전부인 대자연 속에서 씻지도 못한 채 꼬박 사흘 동안 달려 다달에 도착했습니다.

그곳에 있는 나무로 지어진 캠프를 발견하고 드디어 씻을 수 있다는 반가움에 짐부터 풀었습니다. 개운하게 씻고, 오랜만에 마시는 시원한 맥주로 지나온 길을 더듬었습니다. 곧 짙은 어둠이 내리고 하나 둘 별이 반짝일 무렵 넓은 마당에 사람들이 하나 둘 모이기 시작했습니다.

가운데에 불을 피우고 큰 북을 든 사람을 중심으로 사람들이 둥그렇게 모여 앉았습니다. 무슨 일인지 궁금했던 우리는 몽골인

기사를 통해 물어보았지요. 알고 보니, 외지인인 우리를 제외한 그곳의 사람들은 모두 한 가족이었습니다. 일종의 제사를 지내기 위해 대가족이 한곳에 모인 것이었는데, 예기치 않은 상황에 적잖이 당혹스러우면서도 흔히 볼 수 없는 우연한 광경에 설레기도 했습니다.

몽골은 샤먼의 본산이기도 합니다. 예부터 몽골 부족을 '하늘을 섬기는 민족'이라고 불러왔지요. 그들에게 '하늘'은 주로 지상을 떠난 '조상'이기도 합니다. 지역이나 부족에 따라 신의 종류나 의식의 차이는 있지만 하늘, 땅, 물 등의 자연을 신격화하고 죽은 자를 불러 미래를 묻거나 사악한 기운을 쫓아내는 형태를 취하곤 합니다.

샤먼이 북을 치며 춤을 춥니다. 먼발치에서 바라본 샤먼의 춤사위는 단조로운 듯 웅장했습니다. 춤사위가 멈추자 사람들은 한 명씩 샤먼에게 다가가 고개를 숙이며 물음을 던지고 샤먼은 대답을 합니다.

들리지 않고 알아들을 수 없었지만 어쩐지 짐작할 수 있을 듯도 했습니다. 물음의 종류는 다를 수 있으나 끊임없이 헤매길 반복하는 삶의 길 위에서 누구나 그리워 기대고픈 '죽은 자' 한 명씩은 가슴에 품고 살아갈 테니 말입니다. 저 역시 일상의 이

정표가 제자리를 맴돌 때면 나지막이 돌아가신 아버지를 부르곤 하니까요.

하늘에 이유를 묻고 싶은 날들이 늘 반복됩니다. 사람들은 각각 섬이 되어 꿋꿋하게 오늘도 살아가고 있습니다. 흔들리는 이 정표 앞에서 주저하기도 하지만, 그럼에도 불구하고 또다시 길을 찾습니다.

그럴 때면 모닥불 앞에서 춤을 추는 샤먼의 모습이 떠오릅니다. 마음의 잔가지 무성한 날이면, 곁에 없는 사람에게 길을 묻고 싶은 마음이 간절해집니다.

그런데 그거 아십니까.

미래를 묻는 자에게 대부분의 샤먼은, '네가 믿고 있는 것들이 옳다. 흔들리지 말고 가라'라는 대답을 건넨다고 합니다. 그러니 때로 흔들리더라도 의심하지 말기를, 그대도 나도.

찰나일지라도 별 헤는 밤

누구든 잊지 못한 밤하늘의 별 몇몇은 기억 속에 있을 것입니다. 어두운 밤, 캄캄할수록 더욱 빛나는 별은 시공간을 초월하는 놀라운 능력이 있습니다. 윤동주의 시에서 별이 고된 삶을 위로하는 추억이자 희망이고 그리움이었듯이 말입니다.

별은 많은 이들에게 위안을 건네는 존재이기도 합니다. 때때로 미래가 보이지 않아 마음에 불안감만 아득할 때, 혹은 지난 것들이 대책 없이 그리울 때면 푸르른 잎이나 고운 꽃송이들을 헤아리는 것보다 어둠에 숨어 반짝이는 별을 올려다보는 시간이 더 편하게 다가오기도 합니다.

어쩌면 별은 오랫동안 시간과 공간을 넘어 늘 그 자리에서 빛나는 내면의 매개체로 존재해 왔는지 모르겠습니다. 그러나 언제부터인가 하늘의 별은 도시의 현란한 불빛에 사라져가고 우리의 일상 역시 별을 올려다본다는 것은 허무한 낭만이자 사치쯤으로 멀어져간 것 또한 현실입니다.

홀로 떠난 인도 여행에서 하필 자이살메르 사막 투어를 앞두고 지독한 감기에 걸렸습니다. 모두가 한 번씩은 통과의례처럼 겪는다는 그 흔한 물갈이도 하지 않았는데 낮과 밤, 열기와 냉기를 머금고 있는 대지의 온도차가 열병이 되어 몸에 스민 탓입니다. 호스텔에 함께 묵었던 여행자들이 모두 반대할 만큼 상태는 심각했습니다.

그러나 가장 고대하던 여정이었기에 끝내 감행했습니다. 그 시간이 지나면 영영 못 올 것 같은 예감이 몸을 일으켜 세운 것이지요. 낙타 등에 몸을 맡기고 끝없이 펼쳐진 모래사막을 천천히 가로지르며 바라본 풍경은 몽롱해진 정신만큼이나 비현실적이었습니다.

해가 하늘을 물들이며 넘어가는 시간, 바람에도 물결치는 고운 모래사막 한복판에서 간단하게 허기를 채우고 침낭을 펼쳤습니다. 뜨거웠던 모래는 다시 차갑게 식어갔고 하늘엔 별들이 채워지고 있었습니다.

온기는 없었으나 눈앞에서 쏟아지던 별빛들의 향연은 열병도 이길 만큼 신비로웠습니다. 그날 밤, 저는 세상에서 가장 화려한 이불을 덮고 깊은 잠에 들었습니다. 다음 날 믿기지 않을 만큼 가벼워진 몸은 아마도 별들의 치유 덕분이 아니었을지, 내내 불가해한 경험으로 남아있습니다.

　오랜 시간 하늘을 보며 내 것이라 칭했던 별이 있었습니다. 시간이 한참 지난 후, 그 별이 오리온자리 중 하나임을 알게 되었을 땐 헛헛한 웃음이 세어 나오기도 했으나, 지금도 그 별은 저에게 수많은 이야기를 속삭이던 '내 별'로 남아있습니다.
　그러나 자이살메르 사막에서, 그리고 은하수가 흐르는 몽골에서 내 별은 찾을 수 없었습니다.

　너무 많은 별들이 떠있어서 나의 별을 잃었던 낯선 타국에서의 밤은 가장 화려한 그리움으로 각인되어 있습니다. 그리고 지금 있는 곳에서 바라보는 밤하늘은 다시 화려한 그리움으로 그곳의 하늘을 소환하곤 합니다. 매일 바라볼 수 없으니 그곳에서 변치 않고 빛나리란 믿음으로.

　세계가 발전할수록 우리는 별빛을 잃어가고 있습니다. 한국은 빛 공해에 노출된 국가 2위라고 합니다. 빈센트 반 고흐가 프랑스 생레미 드 프로방스에서 바라본 〈별이 빛나는 밤에〉 그림 속 별들도 이제 가려지거나 사라졌겠지요.

별빛을 잃어가고 있는 건 세계 곳곳은 물론 청정 제주도 역시 예외가 아닙니다. 세상은 크고 작은 소란스러움이 반복되고 우리의 일상은 당면한 문제를 해결하기 급급하여 하늘 한번 올려다보는 것이 되레 버거운 일이 되었습니다.

그럼에도 찰나의 시간이나마 밤하늘 바라보며 '별 하나의 추억과 별 하나의 사랑'을 헤아릴 수 있는 따뜻한 밤이 틈틈이 찾아오기를 하여, 그 찰나의 따뜻함이 다시 견디는 힘이 되기를 바랍니다.

당신의 별은 어디쯤에서 빛나고 있는지요.

9월의 열대

늦여름의 공기는
얼마나 아프게 흘러갔는지
9월의 길은 늘
서둘러 지워지고

사라진 이는
늦은 태풍처럼 찾아와 몰아쳤다
쏟아지는 빗물은 절망이었으나
또한 지독한 사랑이었다.

끈적끈적한 습도와 후덥지근한 공기는 분명 여행자에게 좋은 조건은 아닙니다. 그런데도 수많은 여행자가 동남아를 찾는 이유는, 번잡하지만 나른하고 이질적인 듯 신비로운 묘한 매력에 있을 겁니다.

동남아에 관한 저의 첫 기억은 태국의 방콕과 아유타야에 있습니다. 방콕은 태국의 수도답게 도시의 높은 건물과 고급 쇼핑몰, 그리고 호텔이 즐비해서 여행자가 쉬어가기에는 난감한 곳이기도 합니다. 그러나 그 사이 사이, 뜨거운 햇살만큼이나 눈부시고 화려한 사원들과 곳곳에서 이국의 냄새를 풍기는 거리 음식들이 낯설고도 새로운 곳임을 상기시켜 줍니다.

저는 짜오프라야 강 수상버스를 타고 바라보는 방콕의 풍경을 좋아합니다. 특히 강변의 왓 아룬이 저녁노을에 물드는 모습을 천천히 바라보는 시간은 긴 여행을 마무리하기에 그보다 낭만적일 수 없습니다.

방콕에서 한 시간 조금 더 달려가면 1350년경에 건립된 도시, 사백 년 동안 타이 족의 두 번째 도시이자 막강한 왕권을 자랑하던 아유타야가 있습니다. 사원만도 375개에 이르는 아유타야는 버마미얀마의 침략과 전쟁으로 1767년 폐허가 되며 역사 속으로 사라졌다가 시간이 흐른 뒤 유네스코에 의해 발굴되었습니다.

아유타야는 복원하지 않고 발굴된 모습 그대로 유적지가 되었기에 곳곳에 전쟁 당시 파괴된 모습들이 마치 현재인 듯 생생합니다. 찬란했던 영화와 비극의 상흔이 공존하는 그곳이 역사의 증언이라기보다 지금을 보여주는 것도 같았습니다.

머리 없는 불상들이 뿌리내린 듯 자리를 지키고 있고 잘려진 머리는 보리수나무에, 떠나지 못한 사원 어딘가에, 혹은 부서져 사라지기도 했습니다.

그런데 여기저기 분주하게 눌러지는 셔터 때문에 유명한 보리수나무 불상 앞에서 오래 머물지는 못했습니다. 많은 사람이 불상의 은은한 미소를 나무가 품고 있다고 하지만, 누군가는 갇혔다고도 하겠지요. 그 시간의 마음에 따라 대상은 쉽게 희망과 절망을 오가기 마련입니다.

꽃과 초와 향, 그리고 금박을 사서 아유타야의 사원으로 들어갔습니다. 먼저 초와 향을 피우고 짧은 기도를 올린 뒤, 자신이 치유되고 싶은 위치와 같은 부처의 몸에 금박을 붙입니다. 다리가 아픈 사람은 부처의 다리에, 머리가 아픈 사람은 부처의 머리에. 저는 부처의 가슴, 심장 위에 금박을 붙이고 돌아섰습니다. 모든 것이 지레 겁부터 나던 시절이었습니다.

몇 년의 시간이 흘러 다시 태국을 찾았을 때 저는 깊은 열대우림으로 향했습니다. 치앙마이에서 762개의 고개를 돌고 돌아 도착한 빠이는 이미 여행자의 무덤으로 알려진 곳입니다.

왜 성지가 아닌 무덤인가에 대한 의문은 쉽게 짐작되었습니다. 가는 길도 험난하지만 우림으로 둘러싸여진 그곳은 천천히 흐른다기보다 멈춰있는 것처럼 느껴져서, 무언가를 해야 한다는 조급함도 낯설게 만드는 곳이었기 때문입니다.

스쿠터 한 대를 빌려 우림이 만든 거대한 정원을 보고 나서 몇 안 되는 식당에서 국수 한 그릇으로 배를 채운 뒤 다시 열대우림에 해가 지는 모습을 바라봅니다. 아무것도 하지 않는 하루가 선택에 의한 완벽한 자유라기보다 헛헛해서, 또 생경스러워서 희한한 웃음이 새어나오기도 하는, 모든 것이 낯설어서 또한 아늑한 곳이 빠이인 듯합니다.

그때 바라본 열대 우림이 깊이 각인되어 세 번째 태국을 방문했을 때는 치앙마이로 향하는 야간열차에 올랐습니다.

무엇인가 잃었음을 직감할 때
잊기 위한 혹은 버티기 위한 떠남을 결심하는 순간
열대는 가장 먼저 발등을 간질입니다.

13시간을 달리는 밤의 기차에서 차창으로 빠르게 스쳐가는 검은 우림을 바라봅니다. 차창에 비친 얼굴은 흡사 우림에 갇힌 듯도 하지만, 우림은 빠르게 지나칩니다. 그렇듯 삶은, 밤 기차를 탄 것처럼 무심히 흘러가고 무엇 하나 거머쥘 수 없는 긴 꿈을 꾸듯 잔상만을 남긴 체 사라져가는 것이기도 합니다.

　영화 〈아비정전〉에서 아비가 친모에게 얼굴을 보여주지 않으려고 필리핀의 열대 우림 속으로 두 주먹 불끈 쥐고 힘주어 걸어가는 뒷모습이 떠오릅니다. 뒷모습은 때로 무방비상태의 그 사람을 보여줍니다. 결의에 찬 듯 힘차게 걷는 그의 과장된 뒷모습에는 일그러지고 얼룩진 얼굴이 비쳤습니다.

　서둘러 돌아서는 방법을 몰라 늘 오래 서성였습니다. 그래서 기다림이 가장 가혹했으나, 미처 몰랐습니다. 끊어내는 것 보다 기다리던 수많은 시간이 더 안락한 사랑이었음을.

　다시 열대로 향하게 된다면, 또 어떤 뒷모습을 놓고 올지 모르겠습니다. 그런데도 얼룩진 얼굴로 뚜벅뚜벅 어딘가로 향하겠지요. 심장에 붙인 금박 위에 겹겹이 쌓인 마음들, 그리고 빛도 그물이 되는 열대우림의 안부를 듣기 위해서 말입니다.

삶을 지탱하는 힘

온 마음을 다했으나 잠시 내려놔야 할 때가 있습니다. 집요하게 움켜쥐고 앞만 보며 달렸는데, 눈 떠보니 외딴 곳이었습니다. 그럴 때면 원점으로 돌아가는 것이 아니라 그 과정을 천천히 들여다보며 발자국을 조금씩 옮겨보는 것이 좋습니다.

되돌아본다는 것은 말처럼 쉽지 않습니다. 후회와 반성, 자책의 마음을 다시 응원의 힘으로 끌어올린다 해도 그건 쉽게 무너지기 마련입니다. 아무렇지 않다고 태연한 척 웃었으나 괜찮지 않았습니다. 그러나 끝끝내 다시 가야 하는 길이라면 지금의 위로와 응원을 스스로 건네고 싶었습니다.

바로 비행기 티켓을 끊고 훌쩍 베트남 하노이로 떠났습니다. 고민 없이 떠났으나 왜 베트남이었는지 돌아와서 알게 되었습니다.

베트남, 그 질곡의 역사를 들여다보면 우리의 역사와 많이도

닮아 있습니다. 다만 그들은 끝내 통일을 이뤄냈고 우리는 여전히 분단국가로 남아있지요.

강대국들과 끊이지 않는 전쟁을 치렀으나 끝내 승리한 나라, 골 깊은 이념대립으로 긴 내전을 겪은 나라, 제국주의 프랑스와의 전쟁에서도 또 미국과의 10여 년 긴 전쟁에서도 마침내 승리하고 통일을 이룬 나라, 아마 열강과의 전쟁에서 모두 승리하며 독립을 이뤄낸 나라는 베트남이 유일무이하리라 짐작됩니다. 그 힘의 원천이 어디에서 오는지 궁금했습니다.

군무인 듯 도로를 가득 메운 오토바이 물결, 쉴 새 없이 울려대는 경적소리에도 아랑곳하지 않고 사람들은 길가에 놓여 있는 작은 목욕탕 의자에 앉아 밥을 먹고 차를 마셨습니다.

이런 하노이의 첫 풍경이 정신없이 휘몰아쳤습니다. 그 혼돈에 가까운 소란함이 마치 익숙했던 일상에 경적을 울리듯 묘한 자유의 쾌감을 안겨주기도 했습니다. 조금은 태연하게 길을 건널 수 있을 때 비로소 그곳에 적응했음을 느낄 수 있었습니다.

저는 무엇인가를 보기 위한 여행을 지향하지 않습니다. 자연스럽게 삶을 엿보고 그들 문화에 스며드는 시간이 좋습니다. 그래서 박물관이나 미술관을 꼭 들르는 편입니다. 그 나라의 문화를 짧은 시간 안에 짐작하려면 그만한 지름길이 없습니다.

하노이 역사박물관과 국립미술관은 모두 프랑스 식민통치시절 건물을 그대로 사용하고 있습니다. 우리가 과거를 청산하겠다고 조선총독부 건물은 물론 많은 흔적을 지우려고 애쓴 것과는 사뭇 다릅니다.

하노이의 거리 곳곳도 마찬가지였습니다. 길고 짙은 역사의 그림자가 켜켜이 도시를 이루고 있습니다. 그것이 자랑스러운 승전의 기념인 것인지 혹은 그들이 지킨 자존심의 표현인 것인지 정확히 알 수는 없습니다. 그러나 지금의 평화를 어떠한 희생을 치르며 얻게 된 것인지 기억하고 그 의지가 또한 지금을 지탱하는 힘이 아닐까 생각했습니다.

하노이에서 가장 오래된 롱비엔 다리는 프랑스 식민 시절부터 베트남전쟁에 이르는 긴 역사를 지금도 잇고 있습니다.

베트남 전쟁을 다룬 작품들은 우리에게 영화로 더 익숙합니다. 해외영화는 물론 한국 영화 〈하얀 전쟁〉부터 〈알포인트〉, 그리고 〈님은 먼 곳에〉까지. 베트남 전쟁에 관한 미국과 한국, 그리고 베트남의 시각이 조금씩 어긋나기도 합니다. 그러나 공통되고 변치 않는 것은, 인간을 파괴하는 전쟁의 본질과 그 속에서 인간이기에 마땅히 누려야 할 생의 열정이 파괴되는 참혹함에 있을 것입니다.

베트남 작가 바오 닌은 열일곱에 베트남 인민군에 자원입대하여 6년 동안 전투에 참여하고 살아 돌아온 이른바 전쟁영웅이기도 합니다. 그러나 전쟁보다 긴 후유증으로 방황의 시기를 보내다 소설에 몰두하게 되었지요.

그의 첫 장편소설 「전쟁의 슬픔」은 그런 경험들이 녹아 있습니다. 소설은 승리한 자로써 그 영웅성에 초점을 맞추지 않았습니다. 죽어간 병사들, 그리고 살아남은 사람들에게 새겨진 상흔을 드러냅니다.

과거를 더듬거리며 파편처럼 흩어진 기억을 따라 들어선 곳은 모두 트라우마가 되어 자리 잡고 있습니다. 그러나 소설은 그것이 현재의 삶을 지탱하는 힘이기도 하다는 역설을 담아냅니다. 잊기 위해 기억하고자 하는 의지, 그 역설은 곧 기억을 함께 나누어 갖는 것과 연결됩니다. 전쟁에 휴머니즘은 없으나, 사건을 나누어 갖기 위한 기초는 휴머니즘에 있는 것이지요.

하노이의 책방 골목에서 「전쟁의 슬픔」 원서를 한 권 손에 넣었습니다. 읽을 수는 없겠지만, 오랫동안 그 시간의 나를 이야기해줄 것입니다. 몸에 달라붙었던 습도와 길고 짙은 그림자를 고스란히 품어 낸 건물들 사이, 느긋하게 걸으며 바라본 풍경들. 때로는 잊힌 것들을 되돌아보는 것이 지금을 지탱하는 힘이 되기도 합니다.

묵묵히 살아내야 했던 시간

봄은 매년 찾아오지만 마치 유령과도 같이 아슬아슬하게 아찔한 환영을 남기고 사라집니다. 겨우내 웅크리고 있던 생명들이 햇빛 속으로 기어 나와 기지개를 펴고 그 눈부심으로 사람도 잠시 아름다워지는 계절입니다.

오래 머물지 않음을 알기에 더 조급한 계절. 봄이 가는 모습을 보고 싶지 않아서 떠났던 길이었습니다. 4월의 대만은 봄인 듯 여름인 듯 계절을 감추고 있었습니다. 영화 〈비정성시〉와 〈말할 수 없는 비밀〉이 대만의 풍경으로 자리 잡은 지 꽤 오랜 시간이 흐른 뒤였습니다.

그래서 첫 번째 대만을 찾았을 때 저는 꽤 분주하게 돌아다녔습니다. 여행은 늘 다음을 기약할 수 없음을 알기에 마음에 담은 풍경을 눈으로 확인하고 싶은 마음이 급했습니다.

〈비정성시〉의 배경인 지우펀은 타이베이 북동쪽에 있는 작은 마을입니다. 아홉 가구만이 살던 작은 마을은 일본 통치 시절 인근 진과스에서 금맥이 발견되면서 번성하기 시작했습니다. 좁은 골목은 광부들로 북적이고 그들을 위한 식당과 주점, 유흥시설이 들어서며 화려한 홍등이 골목을 채웠습니다.

그러나 탄광산업이 쇠락하면서 진과스와 함께 점차 잊히게 되었으나 1990년대에 관광지로 다시 주목받게 됩니다. 그 과정에서 영화 〈비정성시〉가 큰 계기가 되었지요.

1947부터 1987년에 이르는, 무려 40년 동안 이어진 계엄령이 해제되자, 허우 샤오셴 감독은 '카메라를 든 역사가'를 자처하며 2·28사건을 정면으로 바라봅니다. 감독은 2·28사건을 '타이완에 사는 모든 사람에게 굳어버린 상처의 딱지'라고 했습니다.

영화는 51년간 이어진 식민 지배 통치에서 해방되고 국민당 정부가 타이베이에 수도를 정하여 들어오기까지, 1945년부터 1949년까지의 이야기를 담고 있습니다. 40년 동안 금기의 역사였던 2·28사건을 다루고 있는데도 영화는 격동하지 않고 담담하게, 그러나 엄중하게 담아냈습니다.

피비린내 가득한 역사 속에서 무너지고 파괴된 가족의 이야기가 저에게는 그들이 품고 있는, 품을 수밖에 없었던 부동의 힘으로 다가왔습니다. 감독의 시선은 어김없이 집 안을 맴돕니다. 그곳에서 들을 수도 말할 수도 없는 문청양조위은 모든 순간을 사진으로, 그의 아내 관미신수분는 글로 기록을 남깁니다.

긴 시간의 그늘에서 끝끝내 그곳을 지키고 머물기를 선택한 사람들, 그날을 증명하는 역사는 그들이 지켜낸 부동의 힘에서 비롯된 것이 아닐까 생각했습니다.

이후 지우펀은 미야자키 하야오의 애니메이션 〈센과 치히로의 행방불명〉 배경지라는 입소문을 타고 더욱 유명해졌지만, 이는 감독이 수차례 아니라고 해명한 바 있지요. 그럼에도 그렇게 믿고 싶은 사람들의 발길이 이어져 한동안 지우펀은 넘쳐나는 사람들로 지옥펀이라 불리기도 했습니다.

저 역시 수많은 인파 때문에 지우펀을 천천히 담을 수는 없었습니다. 하루 이틀쯤은 그곳에 머물며 썰물처럼 발길이 멀어진 지우펀의 골목을 바라볼 수 있었다면 어땠을까, 아쉬움이 컸습니다. 그때 전 서둘러 신베이터우로 그리고 단수이로 향하고 있었습니다.

다시 대만을 찾았을 때, 발길은 쉽사리 지우펀으로 향하지 않았습니다. 그러나 첫 여행의 잔상은 낯선 곳을 익숙한 풍경으로 만들기도 합니다. 처음 외지인의 눈에 다가왔던 일본인 듯 일본이 아닌 중국인 듯 중국이 아닌, 그 혼종의 모습은 그 자체로 대만의 풍경이 되었습니다.

　지금도 현재진행형인 역사, 그들이 지키고 이어온 부동의 내력이 더 이상 고통에 휘말리지 않기를 간절히 바라는, 늦었지만 봄입니다.

조각보가 만들어낸 빛

길을 걷다 우연히 한 수공예품 상점에 들어선 적이 있습니다. 주로 한복 원단을 이용한 수공예품을 판매하는 곳이었습니다. 정 갈하게 놓여있는 수공예품에 홀려 구경하는데, 햇살도 색이 입혀 지는지 따뜻한 오색의 빛이 그곳에 스며들고 있었습니다.

빛의 출처를 따라 시선을 옮기니 창에 걸린 커튼 때문이었습 니다. 각기 다른 천을 이어 붙여 만든 패치 커튼이었습니다. 한 낮의 햇살이 커튼을 통과하며 오색 빛으로 공간을 채웠습니다. 저에게 말레이시아의 첫 인상이 그러했습니다.

흔히 도시의 첫 인상은 냄새로 기억됩니다. 공항을 벗어나자 마자 감각을 자극하는 공기의 냄새. 첫 느낌은 흡사 인도와 같았 습니다. 도시로 들어서니 초고층 빌딩들 사이로 열대과일을 팔고 있는 가판들, 불쑥 불쑥 후각을 자극하는 두리안 냄새, 세련된 도시의 모습과 동남아의 자연이 어우러져 묘한 풍경을 만들고 있었습니다.

다민족 국가라는 말은 얼마 지나지 않아 피부로 와 닿았습니다. 지정학적으로 중요한 위치와 풍부한 자원, 말레이시아 역시 강국들의 침략을 받아왔습니다. 오랜 기간 이어진 서구 세력과 일본의 침략은 여러 민족의 다양한 문화로 남겨졌습니다. 헌법으로 종교의 자유를 지정할 만큼 다양한 종교는 물론이거니와 언어 역시 말레이어, 영어, 중국어, 타밀어까지 다양하지요.

말레이시아는 여행자에게 그다지 인기 있는 국가가 아닙니다. 저 역시 큰 기대 없이 향했습니다. 그런데 거리를 걷다 마주치는 힌두교 사원, 불교 사원, 유럽 건축물과 대성당, 모스크까지, 모두 자연스레 도시에 녹아들어 만든 풍경이 처음 느껴보는 이국의 매력으로 다가왔습니다. 마치 거대한 모자이크처럼, 오색 빛을 뿜어내는 패치커튼처럼. 그날 우리의 식탁에는 인도 커리와 난, 태국 쏨땀과 사태, 그리고 동남아 과일이 한상 가득 차려졌습니다.

말레이시아에서 유명한 관광지는 코타키나발루나 랑카위, 페낭과 같은 휴양지가 대부분입니다. 그러나 쿠알라룸푸르에서 느꼈던 예상치 못한 도시의 매력이 호기심으로 발동하여 우리는 말라카로 향하게 되었습니다.

쿠알라룸푸르에서 버스로 3시간 정도 이동하면 세계문화유산으로 지정된 말라카가 있습니다. 각종 향신료를 중심으로 60개국 상품을 거래했던 해상왕국 말라카. 그래서 동남아 지역 중에서 서구 세력이 가장 치열하게 각축전을 벌였던 곳이기도 합니다.

포르투갈, 네덜란드, 영국의 식민지 시대를 견뎌온 고단한 역사는 현재에도 혼혈 문화인 '페라나칸'으로 남아있습니다. 말라카는 마치 조용한 증언자처럼 도시 전체가 역사를 증명하는 듯 했습니다.

말라카에 도착하자마자 붉은색 건물로 둘러싸인 네덜란드 광장이 나옵니다. 그리고 광장 옆으로 시선을 돌리면 해양박물관으로 만들어진 포르투갈 배가 원래 모습대로 만들어져 있습니다.

길을 따라 올라가면 언덕에 포르투갈 시민지 시절에 지은 건축물들이 눈에 띕니다. 그러나 그 건축물들은 네덜란드와 영국이 지배하며 많은 부분이 훼손되었습니다. 선명하게 남아있는 총알 자국은 작은 항구도시가 겪었을 지난한 역사를 관통하고 있습니다.

작은 도시 곳곳에는 포르투갈 시절에 지은 가톨릭성당을 비롯하여 개신교 국가인 네덜란드의 흔적도 남아있습니다. 그 뿐이 아닙니다. 아시아 국가 중에서 이슬람을 처음 받아들인 나라인 만큼 모스크와 불교, 힌두교 사원까지 다양한 건축물들이 이색적으로 조화를 이루며 수놓아져 있습니다.

여행자는 그저 어슬렁어슬렁 돌아다닐 뿐이어서 도시가 품은 긴 한숨의 역사를 단번에 알아차리기 쉽지 않습니다. 그러나 때로 천천히 걷는 걸음에 의도치 않은 상념이 발자국을 남기듯 따라오기도 합니다.

잠시 머물다 가는 여행자의 눈에는 오랜 시간 견뎌야 했던 고단한 역사가 조각보가 만들어낸 오색 빛처럼 형용할 수 없는 매력으로 다가왔습니다. 또한 긴 여운으로 남기도 했으니 인연의 시작이라 할 수도 있겠지요.

여행에서 돌아온 후 길게 늘어선 잔상과 가보지 못한 곳의 호기심은 다시 떠나야 하는 이유를 만들기도 합니다. 아마도 말레이시아의 어디로든 다시 향할 듯합니다. 긴 사연을 조금 더 듣기 위해.

닿지 않는 마음

굳이 그곳에 가지 않았더라도 이미지로 각인되어 있는 나라들이 있습니다. 중국과 일본이 그러했습니다. 그것은 다큐멘터리 작가였던 전직 때문이었습니다.

보조 작가로 참여했던 첫 작품이 한국과 중국, 일본의 문화를 비교하는 26부작 다큐멘터리였습니다. 무척 고단했던 작업이었지만, 한·중·일이 품은 긴 역사를 문화의 창으로 비추어보는 과정이 흥미로웠습니다.

중국의 문화는 화려했으나 폐쇄적이고, 일본은 소박하지만 고집이 있었습니다. 그때 자료를 통해 알아가고 화면을 통해 봤던 장면들이 차곡차곡 그 나라의 이미지가 되었습니다. 그러나 쉽사리 향하고픈 마음으로 발전하지는 않았습니다. 더구나 일본은 거리보다 마음이 먼 나라이기도 합니다.

부모님을 모시고 가는 여행지를 어디로 정하는 게 좋을지 고민하다가 일본을 선택하기까지, 오랜 시간이 흘렀습니다. 그렇게 향하게 된 일본은 제가 그려온 이미지와 어느 정도 겹쳐지기도 했으나, 겉돌기도 했습니다.

우리는 먼저 교토로 향했습니다. 1200년의 역사를 품은 일본의 옛 수도, 도시 자체가 문화유산일 만큼 수백의 사원과 사찰로 예스러움을 간직한 곳. 골목골목을 휘도는 교토만의 감성은 매력적이었습니다.

그러나 볼 것이 많음에도 불구하고 어쩐지 따뜻하지 않았습니다. 그것은 아마도 오랜 시간 체득한 그들만의 삶의 방식과 문화가 저에게는 낯설게 다가온 이유가 컸을 것입니다. 예의와 배려는 인간의 기본적인 도리이지만 그 경계의 명확함이 한편 차갑기도 했습니다.

모든 나라는 그만의 문화와 풍습을 품은 사람들이 살아가고 여행은 그곳에 잠시 스며드는 경험으로 기억되곤 합니다. 운이 좋지 않았던 것인지, 개인의 이미지가 필터로 작용했던 탓인지 정확히 알 수 없으나 일본 여행은 풍경으로만 남아있습니다.

필수 관광지라 하는 청수사, 은각사 등을 둘러본 후 영화 〈게이샤의 추억〉 촬영지로 유명한 이나리 신사로 향했습니다. 신사 입구부터 약 4km정도 이어진 붉은 도리이 길을 걷는 동안 지난 풍경들이 스쳤습니다. 정갈하고 정적인 특유의 풍경들이 왠지 애써 마음의 행방을 감추는 듯 했습니다.

오래전 일본 도리이가 한국 솟대에서 유래했다는 이야기를 들은 적이 있습니다. 물론 도리이의 기원에 대한 확실한 정설은 없으나, '새가 머문다'라는 도리이의 뜻과 깊은 염원과 신앙의 상징이라는 의미를 생각하면 그럴 것도 같았습니다.

종일 돌아다니느라 피곤한 몸을 이끌고 금각사 근처, 교토 작은 동네에 위치한 후나오카 온천으로 향했습니다. 1923년에 영업을 시작하여 100년을 이어온 곳입니다. 온천을 마치고 골목을 걸어 가까운 곳에 있는 이치몬지야와스케에서 따뜻한 차와 구운 콩떡을 먹었습니다. 그곳은 천년을 이어온 곳입니다.

사찰은 물론 온천도, 상점도 몇 백 년 역사가 흔하게 밟히는 곳이 교토입니다. 또한 그만큼 아이러니한 곳 역시 교토인 듯 했습니다. 도요쿠니 신사 지척에 방치되어 개인이 보살피고 있는 귀무덤처럼, 교토에 내려앉은 역사의 지층에는 알아야만 보이는 균열들이 있습니다. 교토의 정적이고 고즈넉한 풍경은 경이롭고 포근했으나, 때로 무거운 습기를 몰고 오기도 했습니다.

교토의 풍경이 다시 떠오른 건 일본에 다녀오고 나서 얼마쯤의 시간이 흐른 뒤 읽게 된 나쓰메 소세키의 「마음」 때문이었습니다. 100년 전에 쓴 소설로 작가는 1910년대 시대적 상황을 인물들의 관계를 통해 밀도 있게 그려냅니다. 개인의 성장과정에서 점철된 불안과 고독, 그리고 시대와 세대 간의 불화, 동경과 질투 등 양가적 감정에 대한 세밀한 묘사로 인간 본연에 대한 물음을 던집니다.

소설은 역사를 반추하여 상징적으로 읽어갈 수 있겠지만, 저는 내내 '마음'의 행방에 생각이 사로잡혔습니다. 개인의 고뇌와 한계성, 그 균열에는 부끄러움이라는 윤리가 자리 잡게 됩니다. 소설 속 선생의 침묵이 '유서'라는 고백의 형식으로 비로소 활자를 통해 전달되는 것을 보며, 질문이 꼬리에 꼬리를 물고 이어져 떠나지 않습니다. 목소리와 언어라는 차이는 그마저도 스스로 규정하고 판단하는 인간의 한계과 모순을 드러내는 듯 했습니다.

자유롭지 못한 개인의 감정은 미래의 문을 굳게 닫기도 합니다. 그것은 시대도 그러하겠지요. 교토가 왜 풍경으로만 남았는지 어렴풋이 알 것도 같았습니다. 사람과 사람의 마음이 닿지 않았던 짧은 순간들이 저의 마음도 닫히게 한 것은 아니었는지.

때로 여행의 긴장감은 예기치 않은 곳에서 발동하기도 합니다. 저에게 일본은 가장 정리가 되지 않는 여행지인 것 같습니다. 그러나 또한 아이러니하게도 부산한 물음의 실마리를 찾기 위해 더 집요하게 붙들고 있는 곳이기도 합니다.

점점 아득해지는 것들

생을 이끄는 건
따뜻했던 기억이 아닌,
궂은 추억이라던 당신

떠나는 소리 듣지 않으려고
떠나길 반복한 눈길
발목을 잡은 건
눈이 눈을 만드는 눈 속

흐느껴 잠시 눈이 흐르던 한때는
궂었던가, 따뜻했던가

가을도 겨울도 아닌, 바람이 유독 뼛속으로 파고들어 마른 잎
사귀들의 미련만 차가운 허공을 휘도는 달. 11월은 그래서인지
마음이 쉼 없이 요동치곤 합니다. 인디언은 11월을 '모두 다 사
라진 것은 아닌 달'이라 부른다고 합니다.

빈 가지를 오가며 얼마 남지 않은 마른 잎을 무정히 떨어뜨리
는 바람 소리가 마치 돌아서는 발자국 소리 같았습니다. 어느 순
간부터 홀로 떠나는 여행은 늘 강원도였고 어김없이 이른 겨울이
었습니다. 곱게 내리는 눈을 보고 싶었기 때문입니다.

11월의 끝자락, 문을 나서자 흐릿한 하늘에서 빗방울이 투툭
떨어지고 있었습니다. 순간 돌아오지 않을 사람처럼 잠시 마음이
비장해지기도 했습니다. 기차를 타고 증산역으로, 그리고 다시
아우라지로 향하는 통근열차를 탔습니다.

열차 천정에 붙어있는 정선 풍경을 담은 사진들이 눈에 띄었
습니다. 정선 장에 가는 사람들, 집으로 향하는 사람들, 여행객
들이 어우러져 걸쭉한 수다 소리가 열차 안을 메우고 있었습니
다. 대부분의 사람들이 정선역에서 내리자, 그 빈자리에 장터에
서 집으로 돌아가는 사람들이 다시 올라탔습니다.

그리고 짐을 내려놓기가 무섭게 이야기보따리가 풀어집니다.
해묵은 인생 이야기며 정치 이야기, 자식 이야기가 뒤섞여 순서

도 없이 들려옵니다. 여행 중에 이방인임을 깨닫는 순간도, 그러나 안도의 미소를 지을 수 있는 순간도 낯설지만 낯익은 일상에 있는 듯합니다. 요란하지만 구수한 이야기들이 뜨끈한 누룽지탕 후루룩 넘기 듯 간질간질 따뜻했습니다.

늘 떠나고 나서야 질문들이 돌아옵니다. 무엇을 비워내고 무엇을 담고자 했는지. 물론 그 질문의 답은 이미 내 안에 있거나, 혹은 대답할 수 없는 것임을 알고 있습니다. 자연스럽게 흘러가고 있다고, 때로 격하게 굽이치거나 고여 있기도 하지만 그러면서 또한 흘러가는 것이라고, 그 믿음을 나 자신에게 건네기 위한 발걸음이 아닐까 생각합니다.

정선 '옥산장' 작은 방에 배낭을 내려놓고 옷가지도 벗지 않고 씻지도 않은 채 온돌 귀퉁이에 누웠습니다. 그리고 그대로 잠들어 꿈도 꾸지 않은 밤을 보냈습니다. 다음날 옥산장에서 차려주는 아침을 든든히 먹고 아우라지로 걸어갔습니다.

강아지 한 마리가 툭툭 종아리를 치며 따라와 온기를 준 것도 잠시, 뚝 끊어진 돌다리 앞에 멈춰 섰습니다. 이미 가보았고, 건너갔던 곳이었기에 난감한 마음이 앞섰습니다. 가보지 못한 곳의 호기심보다 갔던 곳의 익숙함은 작은 변화에도 상실감으로 다가와 순간 허망해지기도 합니다.

변치 않을 거란 확신이 끊어진 돌다리처럼 잘려 나간 듯 한동안 멈춰 있었습니다. 아우라지에서의 기억은 그날 멈춰졌지만, 돌다리는 그 후 복구되었겠지요. 두 다리가 얼어붙은 채 망연히 바라보았던 그 시간이 난처함 때문만은 아니었던 것 같습니다. 지난 시간, 다 하지 못했던 미련이 큰 탓이었습니다.

다시 강원도를 찾았을 때는 춘천을 거쳐 소양강을 건넜습니다. 짙은 구름이 내려앉아 강물도 짙었던 겨울 초입이었습니다. 곱게 내리는 눈을 보며 강원도 감자를 곱게 갈아서 부친 감자전에 소양강 막걸리도 한 잔 했습니다.

한 해가 지나갈 때면 사라진 것과 잃어버린 것들을 헤아리곤 합니다. 시간은 모든 것들을 아득함으로 얼버무리기도 합니다. 그것을 목도하기 위해, 혹은 조금 천천히 보내주기 위해 떠나기를 반복하는 것 같기도 합니다. 그리고 떠나고 돌아오길 반복하는 길 위에는 차곡차곡 다짐들이 쌓이곤 합니다.

강원도의 풍경은 몇몇 인상으로 남아 있으나 그때 내가 다짐했던 마음은 지금도 일상의 표면을 이루고 있습니다. 결국 여행은 잊으러 떠났으나 확인하며 돌아오게 되는 것 같습니다.

11월이 돌아오면 그 때 바라보았던 강원도의 풍경이 느리게 스쳐 지나가곤 합니다. 그러면 그때의 마음을 다시 꺼내봅니다. 지나간 것에 대한 미련은 다 하지 못한 마음에 있다는 것을 알기 때문입니다. 그러니 오늘의 마음은 오늘 다 쓸 일입니다.

인연이라는 긴 길, 긴 시간

"지금 거신 번호는 없는 번호입니다"

사소한 바람에도
은사시나무 심장
어김없이 반짝반짝 떨리는지
별 중 하나는 꼭 떨어지는
지붕 밑 휴식은 아늑한지
몇 사람쯤 가둔 제 그림자
오늘도 우기며 잘 끌고 가는지
스스로 찌른 가시 헤집고
배짱 좋게 피운 꽃향기는 여전한지
찰나의 쉼표에도 아려오는 마음
시인의 처방전은 유효한지

명절이면 현관 앞까지 범람하듯 넘쳐나는 신발들,

왁자지껄 창문을 두드리는 웃음소리,

담을 넘어 흐르는 고소한 전 냄새……

많은 이들에게 익숙한 이런 명절 풍경이 우리 집에는 없었습니다. 일찍 부모를 여의고 형제자매가 모두 뿔뿔이 흩어져 살았던 까닭에 부모님은 제사를 지낼 수 없었습니다.

그래서 명절 우리 집 상차림은 떡국과 나물들로 간단하게 차려졌고 이후의 시간은 고즈넉했습니다. 나이가 들어가면서 시끌벅적한 옆집이 때때로 부러웠고, 성인이 되어서는 홀로 여행을 떠나기 시작했습니다.

그 해 설 명절에도 홀로 여행길에 올랐습니다. 기차와 버스를 타고 당도한 곳은 전라북도 정읍에 위치한 선운사였습니다.

산사 초입으로 들어서니 얼음 밑으로 흐르는 맑은 냇물소리, 겨울나무 위 소복하게 내려앉은 눈을 이따금씩 털어내는 바람소리, 유유자적 빈 하늘을 오가는 새의 울음소리만 겨울 산을 메우고 있었습니다.

선운사가 내려다보이는 숲 속 작은 민박집에 책 세 권과 바지 하나, 양말 두 개가 전부인 가방을 내려놓고 선운산을 헤매기 시작했습니다. 그런데 이틀이 지나면서 서글프도록 사람이 그립고 이야기가 그리워졌습니다. 혼자 하는 여행은 필히 그런 날이 오기 마련입니다.

그러던 중 선운사 주변을 맴도는 한 사람이 눈에 들어왔습니다. 가벼운 배낭 하나에 카메라를 들고 분주한 듯 여유롭게 셔터를 누르고 있는 여자였습니다. 마음의 쓸쓸함 때문인지 왠지 그 여자와 막걸리 한 잔에 이야기를 풀어 놓으면 긴 산사에서의 밤이 참 따뜻할 것도 같은 예감이 들기도 했습니다.

물론 소심한 성격에 당연히 말 한마디 건네지 못했고 그 여자는 산사를 빠져나갔습니다. 시간이 지나도 가끔씩 떠올라 상상하곤 합니다. 그때 그 여자에게 말을 한마디 건넸더라면 과연 인연으로 이어졌을까.

실제 먼 여행길에서 말 한 마디를 건네며 시작된 인연이 지금까지 이어져 오기도 했습니다. 자라온 곳도 환경도 전혀 달라서 결코 만날 일 없던 사람이 길 위에서 잠시 스치다 인연이 된 것이지요.

그러한 인연들이 꿈속에 찾아올 때도 있습니다. 그러면 불쑥 전화를 걸어 전하지 못했던 안부를 전하곤 합니다. 어느 날 대학 시절 내내 함께했던 선배가 꿈에 찾아왔습니다.

졸업 후 지방을 떠돌고 다시 서울로 그리고 제주에 오기까지,

그 선배는 언제고 속사정을 늘어놓을 수 있는 든든한 지원군이기도 했습니다. 사는 게 바쁘다는 핑계로 안부가 늦어졌었던 터라 잠에서 깨자마자 전화기를 들었습니다.

'지금 거신 전화는 없는 번호입니다.'

예상하지 못했던 응답소리에 한동안 서늘한 창밖만 바라봤습니다. 수소문 할 길이 도무지 떠오르지 않았습니다. 숫자 몇 개가 사라졌을 뿐인데, 인연이 이렇게도 끊어질 수 있다는 사실이 허망하기만 했습니다.

결국 전하지 못한 안부는 물때를 놓친 바다처럼 돌아오지 않았습니다. 때로 인연이 여행과 닮았다는 생각을 합니다. 수많은 인연들이 운명처럼, 장난처럼, 사소한 듯 무겁게 삶의 중심으로 들어옵니다.

어떤 인연은 생채기만을 남기고, 수소문의 기별도 전할 길 없는 먼 곳으로 떠나기도 하고, 어떤 인연은 내내 따뜻하게 곁을 지키기도 하고, 어떤 인연은 끊어질 듯 끊어지지 않는 적당한 무심함으로 오래 이어지기도 합니다.

가족의 시작 역시 남남이었던 두 남녀의 인연에서 비롯되는 것이니 인연이란 참으로 신비롭고 따뜻하면서도 무거운 연결고리인 듯합니다. 그래서 사람들은 때때로 알 수 없는 악연과 인연의 의문을 풀고자 전생과 윤회를 들곤 하지요.

불교에서는 인연설을 인因과 연緣의 화합에 의한 결과라고 합니다. 조금 넓게 해석하면 작은 화분에서 꽃 한 송이가 피어나기까지도 흙과 물과 햇살 등의 연緣이 이어져야 가능하듯이 스쳐지나가는 인因도 무수히 많은 연緣들이 만들어 놓은 결과라는 것입니다.

한 해가 오고갈 때면 오래전 홀로 떠났던 선운사의 풍경이 떠오르고, 스쳐간 인연들과 새롭게 만난 인연들을 되짚곤 합니다. 그리고 삶이라는 긴 여행길 곧고 깊게 곁을 지키는 인연에 대한 감사함을 새깁니다. 넓디넓은 세상, 수많은 사람 중 하필 그 사람이, 어떤 긴 길을 건너고 긴 시간을 지나 내 앞에 당도하였는지는 억겁의 시간을 모조리 기억하지 않는 이상 알 수 없는 기적과도 같은 일일 테니…….

당신은 지금, 곁에 있는 인연으로 즐거운 여행을 하고 계신지요.

2부

조금 청승맞거나 혹은 비장하거나

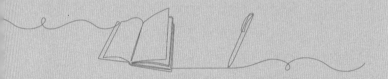

조
금
,
쓸
쓸
한
기
록

당신은 어느 긴 길 위에 있습니까

가장 작은 세계

돌이켜 보면 일상을 흔들던 결정적인 순간은 사소한 마주침이거나 혹은 외면이었던 것 같습니다.

자유로운 여행자로 살고 싶었으나, 오랜 시간 배낭이 아닌 집을 이고 다녔습니다. 짧으면 반년, 길면 3년, 전국을 떠돌며 살았던 그 모든 순간 저에게 집이란 결국 사람이었던 듯합니다.

어느 날 사주에 '지살'이 있다는 얘기를 처음 들었습니다. 역마살과 같은 듯 다른, '지살地殺'은 '땅의 형벌'이라는 뜻에서도 짐작되듯이 자의든 타의든 삶의 터전이 옮겨지는 것을 의미합니다. 그것을 알게 되는 순간, 홀연히 길 위를 떠도는 삶은 오지 않을 수도 있겠구나, 절망하기도 했지요. 그리고 이토록 무거운 집을 이고 또 어떤 시절을 버텨야할지 두렵기도 했습니다.

처음으로, 오롯이 혼자만의 둥지를 틀었던 그날을 기억합니다. 제주에서 살고 싶어 돌아갈 곳 없이 바다를 건너고 서귀포에서 작은 카페를 운영한지 6년이 흐른 어느 날이었습니다. 떠나가고 떠나보낸 이별들이 예고도 없이 찾아와 일상을 뿌리부터 흔들었던 그 해, 저는 무척 휘청거렸습니다.

생각해 보면 그 해 일곱 평 작은 원룸은 그동안 꺼낼 수 없었던 깊은 우울과 들뜬 환희까지 모든 감정을 토해낼 수 있었던, 그러한 나를 버리고 또 주웠던 작은 우주가 아니었을까 생각됩니다.

2022년 12월 6일 한림읍 저지리 예술인마을에 이타미 준유동룡 미술관이 문을 열었습니다. 하늘과 땅, 바람과 돌, 그 모든 자연과의 조화를 추구했던 그의 철학은 건축에 문외한인 이들까지 매료시키기에 충분합니다.

하나의 건축물이 완성되기까지 과정을 보여주는 수많은 드로잉과 설계도면들은 전공자가 아니기에 다소 난해하게 다가오기도 했지만, 익숙한 목소리로 전달되는 도슨트의 설명 덕분에 차분히 공감할 수 있었습니다.

일본에서 태어났지만 귀화를 거부하며 평생 '경계인'의 삶을 살다 간 그에게 건축은 마치 자연과의 융화를 통해 모든 경계를 무화시키는 작업처럼 다가왔습니다. 그의 업적과 명성은 익히 알려졌으나, 그가 구축한 세계는 감동과 동시에 수많은 상념의 물음들로 이어졌습니다.

그래서인지 시선은 익숙한 건축물보다 그의 첫 데뷔작인 '어머니의 집'1971과 같은 초기 작품들에 오래 머물다 '먹의 암庵'에 멈춰 섰습니다.

낡은 건물을 개축하려다 벚나무 두 그루를 위해 도면을 수정해 건축한 '먹의 암庵'을 상상하니 계절 따라 모습을 달리하는 벚나무와 그 모습을 오래도록 지켜보는 사람이 그려졌습니다. 그곳에 머무는 사람은 꽃봉오리가 터질 때, 꽃잎이 흩어질 때, 푸른 잎이 가득할 때, 그 모든 순간을 목도할 수 있겠구나 싶었지요.

그러한 상상은 저를 품었던 모든 '집'들의 회상으로 이어지고 '집'이 주는 본질적인 의미에 대한 물음으로 돌아왔습니다. 집은 단순히 '사는 곳' 이상의 의미를 지니지요. 현대 사회에서 집은 지나치게 물질적 가치로 치환되어 그 의미가 자본에 변질된 것 또한 사실이지만, 집은 최소한의 안전과 휴식이 보장되는 공간이자 가족 공동체의 소통이 이루어지는 곳일 것입니다.

그리고 그곳에 기억과 흔적이 차곡차곡 쌓이면 집은 저마다의 고유한 장소가 됩니다. 그래서 누구에게나 가장 기억에 남는 최초의 '방'과 물질 이상의 의미를 지니는 '집'이 있을 것입니다. 저의 7평 작은 원룸처럼 말입니다.

가스통 바슐라르는 '집이란 세계 안의 우리들의 구석이다. 집이란 우리들의 최초의 세계이며 그것은 정녕 하나의 우주이다.'

라고 했습니다. 모두에게 집은 개인이 영위하는 가장 작은 세계와도 같겠지요.

지역의 자연과 조화를 이루고 그 중심에 사람이 있는 이타미 준의 건축물은 그가 그러한 매개로써 건축을 인식했음을 짐작할 수 있습니다.

급변하는 현대 사회, 개발을 명분으로 파괴가 만연한 시대이기에 집이 주는 본질적인 의미는 몽상처럼 다가오기도 합니다.

그럼에도 평화를 위한 회복의 시작점이 있다면, 그 원천은 가장 작은 세계, 집에서부터 시작되어야 하지 않을까 생각합니다. 매일 마주하는 창밖, 미세하게 달라지는 풍경을 관찰하는 늦은 오후입니다.

미래의 꿈을 과거에 묻다

매일 책을 머리에 베고 잠들었던 시절이 있었습니다. 용돈이 들어오거나 아르바이트 월급이 들어오는 날이면 제일 먼저 서점으로 달려가 책을 샀습니다. 그리고는 첫 페이지에 언제, 어디에서, 왜 이 책을 사게 되었는지 기록했습니다. 책을 읽어 내려가면서 심장과 맞닿은 문장이 있으면 밑줄을 긋고 저의 생각을 귀퉁이에 새겨 넣으며 덧붙이곤 했습니다.

그래서 때때로 무기력이 발등을 짓누르거나 원인 모를 우울감이 방안을 채울 때면, 지난 책을 펼치는 습관이 있었습니다. 그러면 그 책을 읽었던 그 시간의 내가 어떤 환경에 처했었고 어떤 생각을 하며 일상을 보냈는지 생생하게 떠올랐습니다. 그때는 그 책들이 저를 다독여주었고 이정표가 되기도 했습니다.

누구에게나 가장 독하고 뜨거웠던 시절이 있기 마련일 테고, 뜨거운 피를 식혀주었던 바람 한 점 같은 기억이 남아 있을 테지요.

시간이 흐르며 유독 이사가 잦았던 탓에 어느 순간부터는 책이 가장 큰 짐이 되었습니다. 꿋꿋하게 이고 지고 다니다 결국 서울 살이를 앞두고 잠시 책들을 작은 시골마을 빈 창고에 맡겨 두었습니다.

그런데 다음해 태풍으로 그 창고는 물에 잠겼습니다. 소식을 접한 그날, 저는 아무것도 할 수 없었습니다. 마치 청춘이 수장 당한 것 같았습니다.

지난 일들은 훌훌 털어버리라고들 하지요. 현재를 살아야 한다고, 미래를 꿈꾸며 살아야 한다고. 그러나 과거의 주춧돌 위에 세워진 오늘입니다. 지난 기억은 사건들 사이, 경험했던 감정을 넘어 존재를 증명하는 근간이 되기도 합니다.

과거의 트라우마에서 벗어나지 못하는 사람에게 치유의 과정 이란, 잊는 것이 아닌 봉오리가 꽃으로 피어날 때까지 천천히 바라보듯 기억을 받아들이는 시간일 것입니다. 아픈 기억은 유독 오래 남고 불편한 진실은 애써 외면해도 불쑥 불쑥 마주하게 됩니다. 모든 개인, 그리고 국가의 기억도 그러하지요. 지구 곳곳, 아프지 않은 땅은 없을 테니까요.

그런데도 기억을 하며 좀 더 나은 미래를 기약합니다. 지난 시간이 현재의 삶에 피해를 주지는 않을 테지만, 내일을 예견하기 위한 영향력은 충분히 가지고 있다고 생각합니다. 그래서 기억과 망각, 그 간극 사이에서 바쁘게 살아가는 우리에게 수면 위에 던지는 작은 돌멩이의 파장처럼 망각을 경고하는 기억의 문화는 여러 형태로 존재하고 다양하게 진화하고 있습니다.

이따금 혹은 자주, 지난날을 되돌아볼 때면 어김없이 물에 잠긴 책들이 떠오르고 이내 눅눅해진 그 시간들이 습기를 머금고 들러붙습니다. '만약에' 같은 여러 가지 가설은 때때로 뇌리를 스쳐가고 미련한 질문을 던지기도 합니다.

수장당한 책들은, 그 후 새로 산 책에 메모를 새겨 넣을 때마다 주저하게 되는 두려움을 남기기도 했으나, 또한 무엇 하나 버리지 못해 무겁던 마음을 비워내는 계기가 되기도 했습니다.

시시해 보여도 무언가를 기억한다는 것은 함께 마음이 아려오고, 아픔의 모퉁이가 짐작되어 심장이 저릿한 것, 그런 마음에서 시작되는 것 같습니다. 오늘도 하루치의 기억이 쌓였습니다.

Merry? Merry, Merry!

구두쇠 스크루지 영감은 가난한 이들을 위한 기부금을 모으는 자선단체에 모진 말들을 퍼붓습니다. 그날 밤 크리스마스 유령들이 찾아옵니다. 스크루지는 유령들과 과거와 현재, 미래를 여행합니다. 늘 혼자였던 어린 시절의 스크루지와 가난하지만 행복한 보브의 가정, 그리고 누구도 슬퍼하지 않는 자신의 장례식을 보고 크리스마스 아침에 눈을 뜬 스크루지는 새롭게 태어납니다. 그리고 가난한 사람들에게 가진 것들을 나누며 따뜻한 크리스마스를 보냅니다.

누구나 한번쯤은 읽어봤을 19세기 영국 빅토리아 시대에 활동했던 찰스 디킨스의 「크리스마스 캐럴」입니다. 우리나라 교과서에 실리기도 했던 「크리스마스 캐럴」은 1843년에 출간되어 현재까지도 널리 사랑받고 있습니다.

이야기가 탄생되었던 당시 영국은 상업화가 진행되면서 번영을 누렸으나, 가난한 사람들의 삶은 처참했습니다. 찰스 디킨스 역시 가난 때문에 고통을 받으며 자랐고 그러한 배경이 작가가 된 후 그의 작품 속에 자연스럽게 녹아들었습니다. 작품 속에서 그는 종교적인 이유보다 더 종교적인 의미, 나눔과 배려 그리고 사랑을 이야기합니다. 그 후 새로운 의미의 크리스마스 문화가 만들어졌다고 합니다.

크리스마스는 예수그리스도의 탄생을 축하하는 기독교의 기념일입니다. 그 유래를 들여다보면 로마 제국의 전통과 관련이 있는데 로마 제국의 콘스탄티누스 황제가 기독교를 공인하고, 테오도시우스 1세가 기독교를 국교로 정한 후 '세상의 빛'인 예수의 탄생을 널리 알리고자 당시 태양신의 축제일인 12월 25일을 크리스마스로 정했다고 합니다.

우리나라의 크리스마스는 천주교와 개신교가 전파되었던 1700년대 후반과 1800년대 후반부터 중요하게 여겨지기 시작했습니다. 그러나 당시에는 신자가 많지 않아 사회적으로 큰 영향을 미치지 않다가 20세기 근대적 언론매체가 등장하고 기독교 신자들이 늘어나며 중요한 축일이 되었다고 합니다.

이제 크리스마스는 종교를 떠나 따뜻한 마음을 나누는 축제의 날이자 한 해를 마무리하는 상징적인 날이 되었습니다. 꽁꽁 얼어붙은 거리가 찬란한 빛들로 반짝이고 숨 가쁘게 달려온 일상 속에서 소중한 이들을 바라보며 잠시 환하게 웃을 수 있는 시간으로 자리를 잡게 된 것입니다.

어린 아이들은 차곡차곡 쌓아왔던 착한 일들을 산타할아버지가 선물로 보답해 주길 바라며 설렘을 안고 잠이 들고, 세상의 모든 산타클로스들은 선물을 받으며 얼굴 가득히 미소가 번질 어린이들을 떠올리며 힘을 얻는 시간. 저의 어린 시절 산타클로스도 아버지였습니다.

올해도 장삿속으로 변질되어 버린 몇몇 낯 뜨거운 행태를 안타까운 눈으로 바라보게 될 지도 모르지만, 그럼에도 불구하고 크리스마스는 여전히 한 해의 끝, 축제처럼 빛나는 날입니다.

미처 되돌아보지 못한 어리석은 마음과 나도 모르는 사이 파고든 욕심들을 순간순간 깨닫고 뉘우치며 산다면 매일 이 크리스마스일 수도 있겠지만, 쉽지 않은 일입니다. 그래서 특별한 하루가 주어진 것인지도 모르겠습니다. 「크리스마스 캐럴」에서 이야기 하듯 크리스마스의 진정한 의미는. 스스로 '세상의 빛'을 품은 넓은 마음으로 서로를 비추고 뜨거운 심장으로 사랑을 표현하는 것일 테니 말입니다.

우리는 우리의 생각보다 몹시 표현에 미숙합니다. 어김없이 다가오는 크리스마스, 잠시 동심을 꺼내어 한껏 너그러운 연말을 보내시기 바랍니다.

폭우쯤은 뚫을 수 있는

그런 날이 있습니다. 밤을 꼴딱 새어 일을 하고도 마음이 무거운 날, 열심히는 했으나 결과물이 스스로를 만족시키지 못해 끝났으나 끝이 아닌 것 같은 찝찝함이 발끝에 매달려 따라 나오는 날. 그 날은 그런 날이었습니다.

아침이 되어서야 퇴근을 하고 집으로 돌아와 씻지도 않은 채 잠시 깊은 잠에 빠져들었습니다. 그러다 눈을 뜨니 창문을 투두둑 건드리는 빗방울 소리가 들리기 시작했습니다.

6시에 만나기로 한 약속이 떠올랐습니다. 혹시나 하는 마음에 전화를 했으나 받지 않았습니다. 온 몸은 심하게 두들겨 맞은 듯 통증이 느껴졌으나, 머리를 감고 세수를 하고 간단히 화장을 하고 집을 나섰습니다.

버스 정류장으로 걸어가는 길, 빗방울이 점점 굵어지지 시작했습니다. 걸음을 떼기가 무섭게 발가락이 훤히 다 보이는 샌들

속으로 빗물이 들어왔습니다.

그날 우리는 보고 싶은 연극을 함께 보기로 했습니다. 젖은 우산을 들고 비 비린내가 가득한 버스에 몸을 싣고 가고 있는데 전화가 왔습니다. 비가 너무 많이 온다고, 다음에 보자고.

'어떻게 돌아가니? 이렇게 비가 내리는데, 이미 버스가 달리고 있는데.'

시간이 얼마쯤 지난 후, 우리는 연인이 되었습니다. 그 두 달 동안 우리는 서른두 번 얼굴을 봤습니다. 그러다 돌연 그가 심중의 변화를 고했습니다. 함께 웃으며 데이트를 한 지 고작 이틀이 지났을 뿐이었는데 말입니다. 그의 말에 의하면, 우리는 예전처럼 '편한' 사이로 복귀하면 되는 것이었습니다.

짧을 줄 몰랐던 연애를 시작하며 둘만의 공간을 마련하듯 인터넷에 비밀 카페를 하나 만들었습니다. 이별 후, 해야할 일은 공간을 철거하듯 카페를 폐쇄하는 것이 전부였습니다.

그런데 '일주일의 보류기간 후 닫힙니다. 그 후에는 이곳의 모든 내용은 사라집니다.'라는 너무나 친절한 안내글이 까페 화면에 떴습니다. 활짝 열려있던 사람의 마음도 이틀이면 닫힐 수 있는데, 가볍디가벼운 웹에서의 공간 하나도 일주일 동안 더 생각해보라니, 기가 막힐 노릇이었습니다.

짧은 이별 통보의 시간보다 그 일주일의 보류 기간이 마치 작별 기간인 듯 길고도 고통스러웠습니다. 일주일 동안 안절부절 똥강아지처럼 카페를 들락날락하던 중 비가 쏟아지던 그날이 떠올랐습니다.

그래, 빗줄기도 뚫지 못했던 마음이었습니다.

지나고 돌이켜보니 모든 연애가 어쩌면 그 사람이여야 하는 이유를 찾기 위해 애쓰는 과정이 아니었나 생각됩니다. 이미 꿈꾸고 있는 사랑이라는 형상에 그 사람을 등장시켰는지도 모르겠습니다.

편해진 마음이 반짝이는 순간을 무디게 하고, 애틋했던 감정이 무심하게 흘러가는 모습을 보는 것이 힘겨웠습니다. '멍청한 짓을 또 반복하고 있구나,' 자책할 무렵 문득, '나는 사랑받을 준비가 되었는가' 의문이 들었습니다. 그 의문 앞에서 긴 시간 멈춰 있었습니다.

그때 전 억수같이 쏟아지는 빗줄기 속에 우뚝 서서 비를 맞고 하루에도 수십 번씩 무너지는 다짐을 다시 하고 끙끙거리는 나 자신을 들여다보며 긴긴 밤을 견뎌냈습니다. 달콤하지만 치사하고, 아프지만 몽글몽글하기도 했던 젊은 날의 연애는 늘 소금기가 가득했고 달라지지 않는 현실을 확인시키며 막을 내리곤 했습니다.

결국 다시 '있던 자리'로 돌아왔습니다.

그러나 그 시간속의 나와 그 후의 나는 같은 사람이 아니겠지요. 두 눈에, 온 몸에 수많은 기억을 품고 방금 돌아온 여행자처럼.

지금도 폭우가 쏟아지는 날이면 가끔씩 비 비린내 가득했던 그날의 버스, 그곳에서 바라보던 부산스런 창밖 풍경이 떠오릅니다.

그리고 묻습니다.

'지금 나는 폭우쯤은 거뜬히 뚫을 수 있는 사랑을 하고 있는지……'

공존하는, 존재의 의의

티비 채널을 돌리다가 AI와 인간이 대결하는 프로그램을 보게 되었습니다. 가수와 모창 AI가 가려진 무대 뒤에서 함께 노래를 부르고 있었습니다.

AI는 이제 일상 깊숙이 스며들었습니다. 하루를 시작하는 알람과 날씨, 뉴스까지 인공지능 디바이스에게 물어보는 장면이 이미 익숙합니다. 또한 세상에 없는 이를 눈앞에 보여주고 더 이상 노래를 부를 수도, 그림을 그릴수도 없는 예술가를 재현하기도 합니다.

처음에는 익숙한 듯 티비를 보다가 노래 사이사이 숨소리마저 똑같은 AI 목소리에 놀라면서도 서늘했습니다. 인공지능은 우리 삶을 어디까지 변화시킬까요. 정말 인간의 모든 역할을 기계가 대신하는 현실과 마주하게 되는 것은 아닐지요.

애초에 예술과 기술은 하나의 뿌리에서 기인했습니다. 17세기 이후 근대과학이 발전하며 과학과 예술은 멀어졌지만 현대 과학과 예술은 다시금 하나의 뿌리에서 뻗어나가는 다양한 가지처럼 서로 연결되어 있습니다.

기존의 컴퓨터는 정해진 알고리즘을 바탕으로 작동했지만 현대의 AI는 수많은 경우의 수를 조합하여 상황에 맞는 판단을 내립니다. 사람의 뇌처럼 학습을 하고 모방과 융합의 과정을 거쳐 창조하기에 이르렀습니다.

이러한 AI 딥 러닝 기술은 문학, 미술, 음악의 경계를 무너뜨린 새로운 예술의 미래를 열었습니다. AI화가 '오비우스', 마이크로소프트에서 개발한 '더 넥스트 렘브란트', 세계 최초 팝송 제작 AI '플로우 머신즈' 등을 통해 이제 우리는 그때그때 듣는 노래와 음악을 AI 음악가가 들려주고 있습니다.

바둑이 인간의 한계를 뛰어넘었듯이 예술도 과연 그러할까요. 아니면 딥 러닝 기술이 예술가의 창작력을 자극하고 함께 협업하여 새로운 예술의 미래를 개척하게 될까요. 이를 둘러싼 여러 논란은 어쩌면 당연한 수순일지 모르겠습니다. 지금도 AI와 예술의 만남은 일상 곳곳에 스며들어있으나 진화의 한계가 어디까지일지, 그러한 의문 뒤에는 어쩐지 설렘보다 쓸쓸함이 밀려오기도 합니다.

문화예술 분야에서는 AI가 만든 작품을 대중이 만족하고 즐긴다면 예술로 받아들여야 하는지, 단지 기계적인 학습에 기인했으므로 자신만의 감성과 의미가 담긴 문화예술과 차별성을 두어야 하는지 논란이 제기되기도 했습니다.

AI시대에 문화예술은 다양한 형태로 확장 변형되고 있습니다. 변화에는 많은 질문과 숙제가 뒤따릅니다. 모든 변화는 삶과 연결되어 있기에 궁극적인 목적은 일상을 윤택하게 만드는 길로 흘러가야 할 것입니다.

공존해야 한다면 각각의 존재 이유가 무엇인지 답을 찾아야 하지 않을까 하는 생각이 듭니다. 인간이 만든 과학기술이 인간을 무기력하게 만드는 것이 아닌, 삶을 이롭게 만드는 매개로 쓰여야 하기 때문입니다.

가수와 모창AI의 대결은 가수의 승리로 끝났습니다. 인간이기에 순간의 감정이 노래 마디마디에 묻어났습니다. 지금까지 예술은 그러했습니다. 뚜렷하게 정의내릴 수 없고 그래서 여전히 바닥을 볼 수 없는 미궁 같은 것. 앞으로도 그러하지 않을까요.

반려返戾아닌 반려伴侶

가족 같은 지인들과 오랜만에 기분 좋은 저녁을 보낸 날이었습니다. 적당히 올라온 취기로 그 시간을 그대로 끝내기 아쉬워서 우리는 밖으로 나섰습니다. 그런데 가까운 곳에서 아기고양이 울음소리가 들렸습니다.

집 앞 화단 계단 구석에 아기고양이 두 마리가 잔뜩 웅크리고 있었습니다. 고양이는 강아지와 달리 경계심이 커서 쉽게 손을 내밀지 못합니다. 더구나 아기고양이는 섣불리 만졌다가 젖을 떼기도 전에 어미에게 버림받을지도 모를 일입니다.

버려진 것은 아니겠지, 어미가 거처를 옮기고 있는 중일 거라 짐작하며 돌아섰습니다. 새벽녘이 되어서야 우리는 집으로 돌아왔습니다. 그런데 여전히 아기고양이는 그곳에서 떨고 있었습니다.

화단의 계단은 아기고양이가 혼자 올라설 수 없는 높이였고 주변 어디를 돌아봐도 어미는 보이지 않았습니다. 결국 차마 돌아서지 못해 빈 박스를 구해왔습니다. 복잡한 마음을 아는지 모르는지, 긴장하며 손을 내밀자 아기고양이는 망설이지도 않고 품 안으로 들어왔습니다.

허물어진 경계심에 안도감보다 마음이 내려앉았습니다. 이미 사람의 손을 탔다는 건 버려졌다는 것을 확인하는 것이기도 했기 때문입니다. 그렇게 예기치 않게 두 마리 고양이의 보호자가 되었습니다.

반려묘를 키우고 있는 동생의 도움으로 급히 작은 집과 화장실을 마련하고 허기를 채울 밥을 주었습니다. 아기고양이는 울지도 않고 주는 밥을 조심스럽게 삼키더니 작은 집에 숨어들어 서로만을 의지한 채 밤을 보냈습니다.

날이 밝자마자 가까운 동물병원으로 향했습니다. 두 마리 모두 건강상태가 좋지 않았습니다. 버려진 이유가 짐작돼서 안쓰럽고 또 화도 났습니다. 주변에 반려견, 반려묘를 키우는 지인들이 있기에 유기동물에 대한 이야기를 전해 들은 적이 있습니다. 그러나 나의 일이 아니었고 조금은 불편한 이야기였기에 뉴스를 일부러 찾아보는 일은 없었습니다.

준비도 되어있지 않은 채 소위 '집사' 생활을 시작하니 모르는 것 투성이였습니다. 살아있는 생명은 짐작과 예측이 불가능하고 최소한의 의무를 다한다고 모든 게 충족되는 것도 아니었습니다.

자연스럽게 자료를 찾아보며 공부를 하다 보니 이제는 나의 일이 되어버린 불편한 진실과도 마주하게 되었습니다. 반려동물과 함께 사는 인구가 늘어나는 것과 비례해 유기동물의 숫자 또한 급격하게 증가하고 있습니다. 제주도에서만 하루 평균 20～30마리의 개와 고양이가 버려지고 있다고 합니다.

유기동물이 급증하며 사회적 문제로 야기되자 제주도는 전국 최초로 중성화수술 지원 사업을 비롯해 유기동물 방지 정책을 꾸준히 실시했고 그에 따른 성과도 있으나 여전히 전국 최고의 안락사율을 기록하고 있습니다.

모든 문제는 해결방안도 중요하지만 원인을 인지하고 애초에 문제가 생기지 않도록 하는 것이 중요하겠지요. 결국 한 사람 한 사람, 반려동물을 대하는 마음의 자세에서부터 시작되어야 할 것입니다.

두 마리 고양이에게 이름을 지어주고 반년이 넘는 기간 동안 지난한 치료의 과정이 이어졌습니다. 그 과정에서 저도 함께 성장했습니다. 호기심 넘치고 에너지 왕성한 고양이들 덕분에 매일 몇 번이고 웃음과 한숨이 뒤섞이곤 했습니다. 습성과 특징, 의사 표현의 방식까지도 비슷한 듯 다른 아기 고양이들은 매일 생소한 숙제를 던져주기도 했지만 우리는 함께 행복하게 살기 위한 방법을 고민하고 또 고민했습니다.

건강하게, 무척 늠름하게, 의사도 확실하지만 사랑스럽게 표현하는 반려묘들을 보고 있으면 처음 만난 그 깊은 밤의 기억이 아득하게 스쳐지나가곤 합니다.

누구나 처음에는 반려伴侶 : 짝이 되는 동무의 연으로 만났을 것입니다. 그러나 몇몇 사람들은 반려返戾 : 배반하여 돌아섬하며 차가운 거리에 유기합니다. 누군가 말했습니다. 반려동물을 키우며 더 나은 사람이 되는 방법을 배우는 것 같다고.

분명한 건, 동물은 먼저 돌아서지 않습니다. 여전히 그들을 바라보는 시선이 무관심과 방관으로 차가운 것 또한 이해하지만 그럼에도 변치 않는 것은 모두가 생명이라는 것이겠지요.

곁에서 나른한 눈빛으로 누구보다 포근하게 위로하는, 이 마주침의 순간이 오래도록 내 곁에 머물기를, 거리를 떠도는 불안한 눈빛들이 따뜻한 온기를 찾을 수 있기를 깊이 바라는, 어스름한 저녁입니다.

소통의 패스워드

아침에 눈을 뜨면서부터 우리는 소통의 과제와 마주합니다. 가족과, 친구와, 회사 동료와, 그리고 자의에 의해서든 타의에 의해서든 마주하게 되는 불특정 다수와, 사랑하는 사람과의 소통까지. 소통으로의 수많은 갈림길에서 우리는 무수히 많은 시행착오를 겪게 됩니다.

잘못된 소통의 엇갈림은 오해를 낳고 그 오해는 불신과 단절로 이어져 때로 영영 되돌릴 수 없게 되기도 합니다. 자연스럽게 흘러간 마음을 확인하고 또 보답받기 위해 때로는 허리춤에 밧줄 하나 동여매듯 불온한 집착의 고리를 만들기도 하지요.

네가 좋으면 나도 좋은, 어쩌면 너와 나의 마음이 '같다'는 것은 기적에 가까운 일일지 모르겠습니다. 오래전 영화 〈미녀는 괴로워〉를 보고 여성을 여는 패스워드가 무엇일까 생각했습니다.

유쾌하게 볼 수 있는 영화이지만 아름다움에 대한 여성의 욕망, 그 속에 눈물보다 절절하면서도 서늘한 비의가 숨겨져 있는 듯 했습니다. 이름 없는 가수가 대중 앞에 떳떳하게 자신을 드러내기 위해, 사랑받기 위해 분투하는 과정이 유쾌하기보다 서글펐고 감동이라기엔 처연했습니다.

나를 사랑하는 방식으로의 아름다움과 사랑받기 위해 노력하는 아름다움의 추구, 그 간극이 못내 아득하기도 합니다. 그곳에는 분명 아이러니한 욕망의 양면이 있습니다. 성형에 관대해진 현대사회에서 자신을 가꾸고 아름다움을 유지하는 것은 이제 철저한 자기관리에 성공한, 하나의 능력으로 인정받기도 합니다.

그것은 한편, 언제 어떻게 다가올지 모르는 시선에 대한 치열한 분투가 숨어있겠지요. 아무도 없는 외딴섬에서 인간의 아름다움은 쓸모가 없을 테니 말입니다. 결국 그 모든 노력은 많은 이들과 더 넓은 소통을 전제로 팽창된 욕망이 아닐까 생각했습니다.

그런데 인간이 살아 있음을 느끼는 중요한 순간 역시, 누군가와의 소통 덕분이기도 합니다. 어찌됐든 우리는 함께 살아가기 때문에. 같은 패턴으로 돌고 도는 일상, 고인 웅덩이처럼 심연이 보이지 않을 때, 어깨를 누르는 책임의 무게가 유독 버거울 때, 마음의 언저리를 만져주는 누군가가 가장 큰 위로가 되기도 합니다.

가장 큰 상흔을 남기는 것도 사람이지만 치유를 하고 희망을 주는 것 역시 사람이기 때문입니다. 그래서 쓰라린 이별을 해도 처음인 것처럼 또 다시 꿋꿋하게 사랑을 하고, 가족을 위해서라면 헌신을 주저하지 않지요.

사랑하고자 하고 사랑받고자 하는 가장 원초적인 인간의 욕망, 그것을 충족하기 위해 우리는 끊임없이 누군가와 소통합니다. 그런데 소통을 향한 길은 더없이 단순하기도 합니다.

한동안 말의 무모함과 허무함, 그리고 부질없음에 마음을 닫듯 입을 다물고 지내기도 했습니다. 그때는 옅은 기대를 품기도 했습니다. 말 속의 씨앗은 두터운 벽 속에 숨겨두고 작은 문을 하나 만들었으나, 그곳을 오가는 말들은 살아있는 듯 죽었고 열띤 마음은 쉽사리 문을 나서지 못했습니다.

방어이자 혹은 체념으로 벽은 견고해졌습니다. 사람이 희망이 될 수 없음을 눈치 챘음에도 불구하고 사람 이외에서는 희망을 찾을 수 없는 질긴 습성이 몇 번이고 벽을 부수고 또 쌓는 고된 시간을 자처하는 듯합니다.

현대사회는 소통의 길이 다양해졌다고 합니다. 눈을 마주보고 손을 맞잡지 않더라도 문자를 나누고 순간의 생각과 일상의 단면을 SNS를 통해 불특정 다수와 나눕니다. 문제는 문명의 발달이 진정한 소통의 창구로 이용되는 것이 아니라 수많은 페르소나를 생성한다는데 있습니다.

약점을 드러내지 않기 위해 거짓으로 꾸며진 페르소나는 가식과 부정적인 나르시시즘, 그 이상도 이하도 아닐 것입니다. SNS에 올려 진 행복한 한때로 그 사람의 일상 모두를 짐작할 수 없고 사실을 전하는 뉴스마저 이제 더 이상 온전한 사실로 받아들이기 힘든 세상입니다.

숲의 나무도 때로 솎아주고 가지치기를 해주어야 하늘이 보이고 햇살이 땅까지 스며들어 건강한 숲이 되는데, 지금 우리가 살고 있는 세상은 나무만 울창하여 하늘도 보이지 않고 햇살도 느껴지지 않아 눅눅하고 스산한 숲 같기도 합니다.

문명의 혜택으로 세상은 넓어졌으나 개인과 개인, 집단과 집단 간의 소통 속에서 '인간적인' 세상은 오히려 비좁아지고 있는 듯합니다. 저마다 심중에 명확한 소통의 패스워드가 있다면 얼마나 좋겠냐마는 그건 불가능한 꿈이니 우리는 우리가 찾을 수 있는 패스워드를 찾아야겠지요.

그것은 우리가 알고 있지만 지금까지 우리가 간과한 것 안에 있을 것입니다. 너의 입장에서 생각하고 사력을 다하여 이야기하고 그것을 밑거름으로 행동하는 것, 바로 '진심' 말입니다.

몸짓도 말도 습관이 되어 버리는 무서운 시간의 힘을 견디는 것이 여전히 두렵기도 합니다. 그러나 돌고 돌아 긴 시간이 걸리더라도 진심은 분명 당도할 것입니다.

당신의 진심이 긴 길 위에서 오래 헤매지 않기를……, 무심하게 누른 '좋아요'보다 따뜻한 눈빛이 그리운 날들입니다.

우리 커피 한 잔 할까요

커피는 언제 어디서 누구와 마시냐에 따라 다르게 기억됩니다.

겁 없이 직장생활에 마침표를 찍고 제주에 왔으나 생계는 여전히 가장 큰 무게였습니다. 어느 곳이든 사람 사는 세상은 다르지 않지요. 글이 업이 되길 꿈꾸었으나, 처참히 실패했다는 것을 받아들여야 했습니다.

있던 자리를 지우고 싶을 만큼 간절했던 바람은 더 이상 생계를 위한 맹목적인 벌이가 아닌 생계와 행복이 연결될 수 있는 일을 찾는 것이었습니다. 가만히 성향을 되짚어보다 찾은 것이 커피였습니다.

전문교육기관에서 커피에 대해 공부하고 배운 후 용담해안도로에 있는 작은 카페에서 아르바이트를 시작했습니다. 그렇게 4개월 정도 실전을 경험하고 서귀포 중문에 작은 카페를 차렸습니다.

커피는 이미 기호식품을 떠나 일상의 한 부분입니다. 저 역시 그렇습니다. 피곤할 때 커피를 마시며 카페인을 충전하고 울적하면 오래 커피 향을 맡습니다. 좋은 사람과 마주하며 마시는 커피는 그 사람과 나누는 체온만큼이나 따뜻합니다. 작은 카페를 찾아오는 모든 사람들도 그러하길 바랐습니다.

번잡스런 카페가 아닌 혼자 있어도 편하고 두런두런 소담스런 이야기가 쌓이는 그런 카페를 그렸습니다. 시간이 지나면서 이방인보다 단골이 대부분인 동네 사랑방으로, 그리고 서퍼들의 아지트로 자리 잡았으니 목표는 얼추 이루었다고 할 수 있겠지요.

시간이 쌓이며 제주에는 카페가 늘어나기 시작했습니다. 특히 아름다운 자연으로 수많은 여행객의 발길이 끊이지 않는 제주는 이색 카페들로 넘쳐났습니다. 불과 10년 전만에도 찾기 힘들었던 커피전문점은 이주민 열풍에 힘입어 제주여행에서 카페투어가 필수가 될 만큼 기하급수적으로 늘었습니다.

영화나 드라마의 배경이 된 카페부터 푸른 바다를 바라보며 커피를 마실 수 있는 카페, 돌집과 창고를 개조하여 제주만의 감성을 느낄 수 있는 카페까지. 어느새 제주에서 카페는 맛과 멋을 모두 충족시켜주는 하나의 트렌드가 되었지요.

모든 현상에는 명암이 존재하기 마련입니다. 인구대비 카페 밀집률 전국 1위를 기록하며 하나의 문화로 자리 잡은 그 이면에는, 어마어마한 플라스틱 쓰레기와 동전의 앞뒷면처럼 가벼워진 성공의 판가름이 있습니다.

돌담 사이에도 아름다운 해변에도 고즈넉한 올레길에도, 수많은 쓰레기들이 풍경을 할퀴듯 버려져 있습니다. 문제는 해결방법이라는 게 개인의 실천에서 비롯되어야 한다는데 있었지요. 개개인의 자발적인 양심에 의지한다는 것은 막연함을 동반합니다.

결국 환경부가 일회용 컵 사용 규제에 나섰고 쓰레기로 몸살을 앓는 제주를 지키기 위해 각종 기관과 업체, 그리고 언론사까지 손을 잡았습니다. 2017년 12월부터 제주의 아름다운 자연과 깨끗한 바다를 꿈꾸며 자발적으로 쓰레기를 줍기 시작한 비영리 법인 '세이브제주바다savejejubada'는 그 선한 영향력으로 해양쓰레기 수거 단체를 만드는 것은 물론, 다양한 협업으로 체계적인 활동을 이어가고 있습니다. 그러나 근본적인 해결책은 '누군가'가 아니라 '우리'안에서 나와야 하겠지요.

튀르키에에 '한 잔의 커피에 40년 추억이 있다'라는 속담이 있습니다. 함께 마시는 커피 한 잔이 40년 인연의 시작이라는 의미입니다.

순식간인 듯 지나갔으나 돌아보면 제주의 환경은 참 많이 변했습니다. 지금의 제주라면, 처음 제가 제주에서 꿈꾸고 또 한때

이루기도 했던 카페의 모습을 엄두도 내지 못했을 것 같습니다. 변하지 않은 건 여전히 함께하는 커피의 따뜻함인데, 아끼고 사랑하는 방법의 차이가 한편 쓸쓸하기도 합니다.

깊이 들여다보고 감정을 나누고 마음을 전하기 위해 성심을 다해 표현하는 것, 그것은 사람뿐만이 아니라 자연도 같으리라고 생각합니다. 집을 나서며 가방에 텀블러 하나 챙겨 넣는 것도 마음의 표현일 수 있습니다.

바쁜 날들이지만, 그 틈새에 잠시나마 따뜻한 커피를 사이에 두고 좋은 인연과 깊은 마음을 나누는 시간이 깃들기를 바랍니다.

진실과 거짓의 위태로운 줄다리기

인간이 가진 감각기능과 두뇌의 용량은 놀라워서 어쩌면 우리가 예상하고 있는 것보다 훨씬 많은 양의 정보가 저장되어 있을지도 모릅니다. 단지 선택에 의해 받아들이는 것만을 기억할 뿐이겠지요.

어쩌면 우연이라는 말은, 기억 매뉴얼에서 제외된 것들을 포장하고, 필연은 기존의 질서로 설명 불가능한 범위를 포용하는 말일지도 모릅니다. 그리고 기억하는 범위 내에서 스스로 세운 질서는 생각 외로 견고하거나 생각보다 허술하여 쉽게 그 경계가 모호해지는 불안으로 도출되기도 합니다.

보이지 않는 것을 믿는다는 것은, 그 경계에 늘 불안감과 두려움이 함께 있습니다. 건네는 것도, 잘 전해졌는지도, 그로 인해 어떠한 결과가 도래할 지도 보이지 않기 때문에 그 모든 과정 사이에는 의심과 불온한 상상력이 불쑥불쑥 고개를 쳐들어 훼방을 놓기 마련입니다.

어찌 보면 진실과 거짓의 차이는 종이 한 장보다도 얇습니다. '기억이란 집착이며 정착이다'라는 글귀가 온몸을 죄어오던 날, 긴 기억의 서사가 온통 허구로 다가오기도 했습니다. 마치 사실에 근거하여 새롭게 각색된 한 편의 시나리오처럼.

사실이라 믿고 있는 기억의 대부분은, 혼자만 알거나 '너'와 '나'밖에 모르는 시간들에 있었습니다. 누구도 증명할 수 없는 기억의 진실이란, 결국 생존의 발자취가 아닐까요.

각기 다른 크기의 상처를 안고 사는 사람들은 살기 위해 스스로 방법을 찾기 마련입니다. 때로는 일상에 매복되어 있는 작은 유리조각에도 무너질 만큼 나약하기도 하지만, 때로는 더 낮은 바닥은 없으리라 울부짖는 순간에도 결국 자신만의 방식을 터득하고야 마는 강인함이 있습니다. 그 모든 시간이 하나로 엮여 자신만의 삶을 만들어냅니다.

그 과정에서 쌓인 기억들은 자신만의 매뉴얼이 되어 판단의 기준이 되기도 합니다. 그러나 그 매뉴얼은 쉽게 무너지고 번복되기도 하여 방어에 취약합니다. 그 시행착오는 삶이 이어지는 동안 끊임없이 반복되겠지요.

믿고 있던 진실이 휘청거릴 때, 한동안 '선문답'을 읽기도 했습니다. '기대'라는 허무함에서 한 발 물러서고픈 간절함 때문이었는지도 모릅니다. 혹은 이 또한 의미가 없다는 것을 알고 있으면서도 거리두기를 위한 발버둥이었을지 모릅니다.

'친구니까 이런 말도 하는 거야', '다 너를 생각해서 하는 말이야'라며 상흔을 헤집던 친구, 선의라는 말로 쉽게 거짓을 고백하고 사랑으로 무마했던 연인, 오랜만에 만난 인연과 나누는 추억 이야기에서 마주한 기억의 왜곡들……. 이런 발자취 사이에서 유랑하고 있을 진심의 안부가 애잔합니다.

몰라서 속고, 알면서도 속고, 진실에 어느 정도의 거짓이 조미료처럼 가미된 경우도 허다하지요. 진실과 거짓은 스스로의 믿음에서 비롯되는 것일지도 모르겠습니다.

한 우물 속에 살아도 제각기 다른 물고기처럼 우리네 사는 모양새도 별반 다를 것이 없어 보입니다. 다만 우물 속 물고기들보다 사람들이 더 힘들고 치열한 까닭은 사람이 너무 똑똑해서겠지요.

오늘도 주위에선 말초신경을 자극하는 말들이 감정 없이 휘돋니다. 이제 이런 것들은 자연스럽게 흘려보내고 싶습니다. 다만 두 눈으로 본 것과 가슴으로 느낀 것만으로 판단할 수 있는 지혜가, 떠돌고 있는 진심을 위로할 수 있기를 희망하는 스산한 가을입니다.

서로 다른 별로 돌아가다

살랑이는 봄바람도
열기를 식히는 장마도
알 수 없는 내일이어서
부정확한 발음의 암호 같은 언어
부서져 먼 곳에서 헤매고

불편함은 쉽게 외로움이 되고
파도가 지워버린 발자국처럼
공들인 마음은 측은하고 비참해
한숨 거두며 일어서다 이내 주저앉고

우리가 할 수 있는 건 아무것도 없었을까
시든 꽃을 두고
정중하게 돌아서는 것 밖에

꽤 많은 이별들이 지나갔습니다. 통증은 익숙해지지 않는 것이라 매번 아프고 매번 쓸쓸합니다. 어떤 만남도 이별을 염두에 두지 않았기에 모든 시선을 거둔 적 없으나, 시선에도 욕심이 스민다는 걸 미처 알지 못했습니다.

쉬이 잠들지 못해 뒤척이던 어느 밤, 목을 매는 남자의 꿈을 꾸었습니다. 무기력한 사형수처럼. 깊지도 얕지도 않은 잠 속에서 몇 번의 신음이 세어나간 것 같기도 하고 두 팔은 의지와 상관없이 허공을 휘저은 듯도 합니다.

뺄을 수 없어 삼켰던 숨을 토해내며 잠에서 깨어났을 때, 몸을 움켜잡은 것이 절망인지 공포인지 슬픔인지 알 수 없었습니다.

기억이 모두 사라지지 않는 한 온전히 끊어낼 수 있는 인연은 어디에도 없습니다. 마주하고 바라보지 않아도 허공에 전하는 안부만으로도 인연은 이어지고 있을 테지요.

그래서 잘라낼 수 있으리란 기대는 하지 않습니다. 가장 빛나던 한 때와 못났던 한 때를 모두 목격해버린 업은 서랍 깊숙이 숨겨놓아도 덜컥 덜컥 존재를 드러내기 마련입니다.

결국 모든 게 그렇게 흘러갑니다. 돌이켜 보면 만남은 극적이었으나 이별은 사소했고 그 후의 통증은 깊었습니다. 통증은 반사 신경과 같은 당부를 남기곤 합니다.

그것이 상처 위에 생긴 굳은살 같은 방어기제인지 두려움이 낳은 체념인지 알 수 없으나 그럼에도 충실하기를 다짐하는 날들입니다.

빗소리에 잠에서 깰 때면 불현듯 스산한 공포로 다가왔던 그날의 우악스런 빗소리가 이불속으로 파고듭니다. 그러나 평온함을 찾는데는 그리 오래 걸리지 않습니다. 어쩌면 끝끝내 놓지 못했던 것은 당신이 아닌 나였는지 모르겠습니다.

손에 잡히는 책 한 권을 펼치고 노래가사가 들리지 않는 라디오 클래식 채널을 켭니다. 종일 책 속에서 허우적거리기 좋은 날은 그렇게도 찾아옵니다. 긴 호흡으로 책을 읽고 이곳에 없는 시선으로 허우적거리다 다시 다른 책으로 마음을 옮기는 시간이 참 좋습니다.

잘 지내고 있습니다.

때때로 아파하며, 끝끝내 사랑하며 처음인 것처럼 다시 웃으며, 모든 시간이 그러하였듯이…….

고백한다면, 많은 것들을 체념하여 권태로운 일상보다 상처로 다가오더라도 매순간 정성어린 상념에 흔들리는 일상이 좋습니다.

시간을 기꺼이 미화시키는 상상력이 여전히 꿈틀거리기를, 그러나 헤어짐은 늘 서툴러 머뭇거림에 좀 더 솔직해질 수 있기를 …….

잘 지내길 바랍니다.

계절이 보낸 헌화獻花

긴 적막을 견디고 힘겹게 생명을 띄워내는 봄, 그래서 봄은 찬란하고 거리는 오색영롱합니다. 빈 가지만 무성한 마른 나무껍질 속에서 어떤 간절함으로 추위를 이겨냈기에 그토록 화려하게 피어날 수 있는지, 매번 돌아오는 봄은 그래서 늘 새롭고 신비롭습니다.

몸속에 찾아온 불청객을 끝내 달래지 못하고 아버지가 홀로 먼 길을 떠나셨던 그해 겨울, 아버지의 병든 몸은 앙상한 겨울나무 같았습니다. 푸르렀던 지난 시절은 거짓말처럼 사라지고 투박한 나무껍질 같은 빈 몸만이 힘겹게 하루하루 생을 붙들고 있었습니다.

때로는 짜증을 내고 그러다 따뜻하게 두 뺨을 어루만져주시기도 하고, 또 활짝 웃기도 했던 아버지의 모습을 보며 겨울이 가

조금, 쓸쓸한 기록

고 봄이 오듯 아픔을 잘 견딘 아버지의 몸에서도 꽃이 피어나듯 봄이 올 거라 믿고 싶었습니다.

아버지의 몸은 끝내 봄을 맞이하지 못했지만 계절은 흐르고 봄은 또 당도했습니다. 아버지는 생전에 영혼이 떠난 육신이 그 어디에도 봉인되어지는 걸 원치 않으셨습니다. 유언에 따라 유골을 양지바른 산기슭에 뿌렸습니다. 그러나 남겨진 가족에게 봉분 없는 죽음은 찾아가 기댈 곳이 없어 때로 먹먹한 후회를 남기기도 합니다.

그럴 때면 산의 안부를 묻습니다. 빈 가지 사이로 시린 바람만 오가던, 바스락 바스락 마른 나뭇잎만이 고요한 산의 적막을 깨우던 그곳에도 지금쯤 여린 잎들과 고운 꽃들로 활기를 찾고 있겠지요.

침대 위에서 아버지의 소망은 참으로 소박했습니다. 딸이 살고 있는 제주도에서 제철인 방어회를 먹는 것, 그리고 사랑하는 아내와 딸과 예전처럼 낚시하러 가는 것, 봄이 오면 함께 손잡고 올레길을 걷는 것이었습니다.

인간이 어리석어 죽음을 마주하고서야 소소한 일상의 소중함을 깨닫게 되는 것인지, 죽음을 앞두고 인간은 가장 순해지기도 합니다.

박범신은 소설 「주름」에서 '과실 속에 씨가 있듯이, 태어날 때

우리는 생성과 소멸, 탄생과 죽음이라는 두 개의 씨앗을 우리들 육체의 심지에 박고 태어난다.'고 하였습니다. 생성과 소멸이라는 '경계 없는 동숙자'가 애초에 우리 안에 있다는 건 누구나 알고 있지만, 기약이 없다는 이유로 쉽게 망각하기 마련입니다.

아버지는 평소에도 가장 소박한 것에서 큰 행복을 느끼셨던 분이었지만, 삶의 욕심은 가지치기를 해도 금세 자라기 마련입니다. 빈손으로 일구었던 모든 것들을 지키기 위해, 사랑하는 아내와 함께 할 '저 푸른 초원 위 그림 같은 집을 짓'기 위해 부단히 바쁜 삶을 이어오셨습니다.

아버지가 떠나신 자리에는 꿈이 서린 빈 땅만이 남았습니다. 아득바득 이어온 삶의 허망함은 떠난 이가 아닌 남겨진 사람들이 감당하고 받아들여야 하는 감정인 듯합니다.

매년 벚꽃이 흐드러지게 필 때면 꽃그늘로 향합니다. 꽃그늘 밑에서 꽃비를 맞는 사람들의 표정은 꽃보다 화사합니다. 모두가 순하고 환한 봄날의 풍경이 따뜻합니다. 그러나 봄에 생을 시작하여 겨울에 먼 길을 떠난 아버지를 기억하면 꽃비가 돌연 아프게 심장을 찌르기도 합니다. 그러다 불현듯 생각합니다.

어쩌면

'찰나같이 피고 지는 봄날의 꽃은

먼 곳에 있는 사람들이 남아있는 사람들에게 보내는

위안의 헌화이자,

남겨진 사람들이 아직 잊지 않았음을 담아 보내는

그리움의 헌화가 아닐까'

하는.

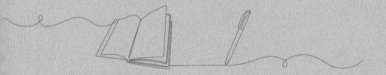

조금, 쓸쓸한 기록

당신은 어느 긴 길 위에 있습니까

다정한 약속

제주 살이 13년 만에 드디어 엄마가 곁으로 와 터를 잡았습니다. 엄마의 이삿짐을 정리하러 공항으로 향하던 날, 아버지의 부재와 엄마의 나이 듦이 아프게 실감되고 수많은 기억이 마음을 흔들었습니다.

그러나 한편으로는 멀리 혼자 있는 엄마가 가슴 한 켠을 내내 시큰거리게 했는데, 이제 달려갈 수 있는 거리에 계실 거라 생각하니 비로소 마음이 놓이기도 했습니다.

엄마의 짐을 정리하다가 발견한 오랜 사진첩에는 어린 시절의 나와 젊고 아름다웠던 엄마, 그리고 지금은 없는 아버지가 멈춰 있었습니다.

20세기 비평가 롤랑 바르트는 그의 마지막 저서, '사진에 관한 노트'라는 부제의 「밝은 방」1980에서 사진의 본질을 '그것이 −

존재 – 했음'이라고 하였습니다. 사진은 찍고, 찍히는 순간 과거가 되기에 '있음'이 아니라 '있었음'의 증명인 것입니다.

바르트는 그 책에서 사진을 보며 느끼는 감정에 대해 '스투디움'studium과 '푼크툼'punctum이라는 두 가지 개념을 제시했습니다. 간단히 말하자면 문화, 사회, 교육을 바탕으로 느껴지는 보편적이고 길들여진 감정이 스투디움이라면 푼크툼은 개인의 경험과 교차하며 순간적으로 다가오는 강렬한 인상과 자극을 의미합니다.

라틴어가 어원인 푼크툼은, '찔린 자국, 작은 구멍, 작은 얼룩, 작은 베인 상처'를 의미합니다. 말하자면 누군가는 무심코 지나치는 사진이 나에게는 기억을 되살려 마치 '화살처럼' 아프게 심장을 뚫고 흔적을 남기는 것, 그것이 푼크툼일 수 있겠지요. 그렇지만 푼크툼이 꼭 마음의 상처를 발견하는 특별한 순간을 뜻하는 것만은 아닐 겁니다.

매일 걷는 길 위에서 우연히 발견한 들꽃, 유독 예쁘게 하늘을 물들인 저녁노을, 낯선 여행지에서 마주한 낯선 풍경, 그리고 친구, 연인, 가족과 함께 한 순간들을 잊지 않기 위해 우리는 습관처럼 사진을 찍습니다. 그리고 생각지도 못한 과거의 오늘을 소환해 보여주는 SNS의 기능은 때때로 현재와 과거가 공존하는 마술적인 순간을 선물하기도 합니다.

바르트는 감정을 사로잡는 사진은 스투디움과 푼크툼이라는 두 가지 요소가 공존할 때라고 역설하기도 했지만, 무엇보다 사진의 특별함은, 과거의 '실재'를 현존으로 이끄는 강렬함에 있을 것입니다.

인간은 누구나 죽음이 예고되어 있고 세상의 모든 것들은 사라지거나 곧 사라질 저마다의 운명을 피할 수 없습니다.

사진은 그때의 '있었음'을 확인함과 동시에 지금은 '사라졌음'을 깨닫게 하는 혼돈 속에서 다양한 감정을 촉발하지만, 그럼에도 어느 시간, 어떤 공간에 분명 '있었음'을 증명하는 힘이 있습니다.

지갑 한 켠에 자리 잡고 있는 아버지의 증명사진 한 장은 무감해진 일상에서 켜켜이 쌓인 소소한 시간들을 애달프게 소환해 주고, 나른한 시간 속에서 손끝으로 펼친 지난 사진들은 난데없이 낯선 공기를 몰고 오기도 합니다. 그러한 순간의 기록들을 그저 추억으로 남기기에는 네모난 사진틀 밖, 나만 알고 있는 비밀스런 기억들이 못내 애틋합니다.

어쩌면 사진은 곧 사라질 시간, 우리가 그곳에 함께 '있었음'을 증명하는 조금 쓸쓸한 기록이자 그 시간을 잊지 않고 기억하겠다는 다정한 약속일지도 모르겠습니다.

쑥스럽다는 핑계로 아버지와 함께 찍은 사진이 많지 않은 것이 내내 쓰라리게 후회로 남습니다. 엄마와도 오랜 시간 멀리 떨어져 살아온 탓에 사진이 많이 쌓여 있지 않았습니다.

다행히 이제 지척에서 '엄마'라고 부를 수 있는 시간이, 그리고 함께 있는 순간을 담을 기회가 많아졌습니다. 그렇게 쌓인 사진은 언젠가 나만 발견할 수 있는 푼크툼의 순간을 안겨줄 것이고, 또한 깊이 사랑했던 우리의 시간을 증명할 것입니다.

나, 혹은 모두의 자화상

하얀 스펀지가 먹물을 빨아들이듯 활자가 무턱대고 고팠던 시절이 있었습니다. 그때 최고의 놀이터는 도서관이었습니다. 낮 시간을 도서관에서 보내다 수업을 듣고, 해가 떨어지면 술잔을 사이에 두고 노래와 시를 주고받는 단골 대포 집으로 향하곤 했습니다.

IMF가 대한민국을 뿌리째 흔들었던 그 시절, 궁핍한 자취생에게 책으로 둘러싸여진 도서관과 선배들이 사주는 막걸리 한 잔은 잠시나마 빈곤을 낭만으로 채색해 주었습니다.

용돈을 모아 일주일에 한 번 서점으로 향하는 날, 미리 적어 둔 책 목록을 빠르게 골라 빈 가방을 채워도 허기는 채워지지 않았습니다. 결국 서점을 나서지 못하고 미술서적이 모여 있는 곳으로 향하곤 했습니다.

왜 미술서적인가에 대한 이유는 간단했습니다. 미술서적은 절박하게 필요한 것도 아니거니와 상대적으로 비싼 가격 때문에 애초에 '가질 수 없는' 책들이었기 때문입니다.

생각해보면 중·고등학교 시절부터 마음이 채한 듯 답답할 때면 서울 곳곳의 미술관을 찾아 숨어들던 버릇이 내내 이어진 것인지도 모르겠습니다. 그렇게 서점 구석에 앉아 한참동안 그림을 보다보면 허기에 좀 무감해지곤 했습니다.

때때로 잔상이 오래 남는 그림들은 화가의 삶에 대한 호기심으로 이어지고 삶의 기록은 다시 그림으로 투영되어 깊은 애정으로 증폭되기도 했습니다.

어쩌면 그 시절 끌어안고 잠든 책들과 목 놓아 불렀던 노래들, 그리고 좋아했던 화가들의 작품들은 청춘의 한 배경이자 또 다른 자화상인지도 모르겠습니다.

스페인의 대표적인 낭만주의 화가 프란시스코 고야는 당대 최고의 부와 명예를 누렸으나 말년은 암울했습니다. 홀로 '귀머거리의 집'에 칩거하며 회벽 위에 그린 '검은 그림' 14점에서 고야 특유의 화려하고 우아했던 화풍은 사라지고 온통 기괴함과 우울감으로 채워져 있습니다.

제목도 붙여지지 않았던 14점의 작품은 그가 죽고 40년이 지나서야 이름을 달고 세상에 알려졌습니다. 이후 그 그림들은 전쟁, 혁명, 종교 탄압으로 혼란스러웠던 당시 시대 상황을 기괴하고 공포감을 불러일으키도록 표현한 작품으로 평가되기도 하였습니다.

고야의 화풍이 변하게 된 계기가 그의 병환과 전쟁의 광폭함에 있다는 것은 익히 알려져 있지만 광기와 탐욕, 인간의 욕망과 어리석음을 극단으로 표현한 작품들이 비단 그 시대의 초상만은 아닐 것입니다.

어쩌면 고야의 그 작품들은 한때 기회주의자이자 욕망에 충실한 삶을 살았던 화가 자신을 반추하는 처절한 회환의 자화상인지도 모르겠습니다.

화가에게 자화상은 각기 다양한 의미를 지니지만 궁극적으로 '나'라는 존재의 물음이 강하게 투영되기 마련입니다. 예술가로서 자신의 정체성에 대한 물음을 평생 100여 점이 넘는 자화상을 통해 표현한 렘브란트 하르먼스 반 레인처럼, 그리고 삶의 고난과 상실에 대한 위안이자 고통을 견디는 방식으로 자화상을 그린 빈센트 반 고흐처럼 말입니다.

눈동자를 그리지 않는 이유를 물었던 잔느 에뷔테른에게 모딜리아니가 '당신의 영혼을 다 알고 난 후에' 그리겠노라고 대답한 일화는 유명합니다. 그는 이후에 그의 뮤즈, 잔느의 눈동자는 그렸으나, 정작 죽기 전에 딱 한 점만을 남긴 자신의 자화상에서 그의 눈은 검은 동공으로 채워져 있습니다.

　그것이 '나는 누구인가'라는 스스로의 질문에 답을 찾지 못했음을 의미하는 것은 아니라고 생각됩니다. 자화상에서도 손에 팔레트를 쥐고 있듯이, 모딜리아니가 그린 수많은 작품에 그의 삶, 사랑, 고뇌 등 모든 것들이 붓을 통해 표현되었을 것입니다.

　그림으로, 언어로 혹은 음률로 전달되는 모든 예술은 그를 표현한 예술가가 놓여있는 시대, 그곳에서 바라본 시선과 내면을 반영하기에 각기 다른 형식의 자화상이라고 할 수 있을 것입니다. 그리고 역사적 사건의 기록은 그 시대의 자화상이 되고, 각기 다른 문화와 전통은 그 나라의 자화상이 되겠지요.

　그러나 수백 년의 낙차와 거리에도 불구하고 현재의 정서로 스며드는 작품들은 인간의 본성과 추구하는 삶의 본질이 다르지 않음을 반증하기도 합니다. 그래서 현재의 폭력과 광기가 수백 년 전 그림 속에서 상기된다는 것이 못내 쓸쓸하기도 합니다.

　과연 지금 우리 시대의 자화상은 어떠한 모습으로 기록될까요. 역사는 전진과 후퇴를 반복하고 인간의 망각은 어김없이 폭력을 베껴 씁니다. 그럼에도 인간만이 할 수 있고 인간이기에 지켜야할 희망이 있다면 우리는 그 실마리를 어디에서 찾을 수 있을까요. 잡히지 않는 물음들이 꼬리를 물고 늘어지는 날들입니다.

유랑하는 삶, 구원의 가능성

2021년 초, 한편의 영화가 화제의 중심에 있었습니다. 한국계 미국인인 감독, 윤여정과 한예리 배우를 제외한 모든 출연진 역시 한국계 미국인이었으며 영화제작자 또한 미국인이었기에 분명 미국 영화였습니다.

그런데 한국 이민자 이야기와 절반 이상 한국어를 사용한다는 이유로 외국어 영화로 분류되었던 영화, 〈미나리〉입니다.

영화는 한국에서 개봉되기 전, 2020년에 이미 각종 영화제에서 수상을 이어오고 있었으나, 2021년 골든 글로브 시상식과 아카데미 시상식을 앞두고 국적과 정체성에 대한 논란이 증폭되었습니다.

정이삭 감독의 자전적 이야기가 녹아 있기에 〈미나리〉는 '이주'와 '개척'이라는 미국 서사, 그 속의 코리안 디아스포라라는 주제에서 자유로울 수 없습니다. 그러나 영화가 폭넓은 감응을 일으킬 수 있었던 이유는 실재하는 특수한 상황 안에서 가족, 사랑, 고통, 갈등과 같은 인간의 보편적 정서를 담아냈기 때문일 것입니다.

'서로를 구해주기 위해' 미국을 선택한 후, 캘리포니아에서 병아리 감별사로 매일 열심히 일을 해도 그들은 고된 삶을 벗어나지 못했습니다. 땅에서 원하는 것을 얻고 스스로 일궈나가는 삶을 꿈꾸는 남자와 미국 사회에 적응하며 현실적이고 안정된 삶을 꿈꾸었던 여자는 이민의 동상이몽을 보여줍니다.

그들의 새로운 정착지 아칸소. 녹음이 우거진 드넓은 땅에는 트레일러만이 덩그러니 놓여있습니다. 바퀴달린 집은 어느 곳에도 뿌리내리지 못하는 이민자의 불안정성을 대신하는 듯 했습니다.

추구하는 삶의 방식이 다른 부부는 크고 작은 문제 앞에서 삐걱거리기 마련입니다. 부부의 갈등이 폭풍으로 몰아치던 밤, 결국 폭발한 그들은 아이들을 돌봐줄 친정엄마를 부르는 것으로 갈등을 일단락 합니다.

이는 또 다른 갈등을 야기하지요. 할머니가 내려 준 한약과 손자가 좋아하는 마운틴 듀, 그 극명한 대비처럼 미국에서 태어나 자란 어린 손자에게 할머니는 모든 관습, 예의, 상식, 종교에서 벗어난 존재로 다가옵니다.

단순하지만 강하고 거칠지만 따뜻한 순자윤여정는 영화에서 의미를 전달하는데 가장 중요한 역할을 합니다. 서로를 바라보는 것만으로 꿀이 뚝뚝 떨어지며 사랑이 충만했던 남자와 여자의 지난 시간을 일깨우고, 손자가 스스로 한계를 뛰어넘도록 용기와 계기를 주며, 논리적으로 설명 불가능한 인간 본연의 자생력을 상기시킵니다. 인종과 문화, 그 모든 경계를 넘어 보편적 감수성을 순자는 유머러스하게 이끌어냅니다.

영화는 정적으로 흘러갑니다. 그러나 전달하는 의미는 마치 겹겹이 쌓인 양파처럼 다가왔습니다. 코리안 디아스포라 서사와 미국의 기독교적 세계관, 인간성과 신성이라는 실체에 대한 모순과 대립까지. 그리고 그 모든 것들은 '우리의 삶을 구원하는 것은 무엇인가'에 대한 물음으로 향합니다.

예고 없이 찾아오는 삶의 우연성, 기적과 재앙의 양면성을 잔잔하고 담담하게 담아낸 영화는 그들의 고난과 대비되는 아름다운 자연 풍경만큼이나 아이러니한 삶의 이면을 담아냅니다.

혼자 힘으로 해내려 자존심을 꺾지 않았던 남자는 결국 이웃의 도움으로 물길을 찾고, 순자는 자신이 심어 놓은 미나리를 손자와 함께 수확하며 영화는 끝납니다.

영화에서 체벌하기 위해 회초리를 꺾어오라는 아버지에게 어린 아들은 강아지풀을 가져옵니다. 그 모습이 귀여워 순자는 손자를 끌어안습니다. 머리를 쓰는 것은 한순간 '회초리'를 '강아지풀'로 바꾸는 기지로 발현되기도 하겠지만, 삶의 근원적인 동력은 논리적인 방식으로 해명되지 않는, 보이지 않는 생명력에 있겠지요.

대지를 옮겨 다른 곳에 살더라도 '잡초처럼 막 자라'나 '부자든 가난한 사람이든 다 뽑아먹고 건강해질 수 있'는 '원더풀 미나리'처럼, 스스로 자생하고 생존하는 경이로는 삶의 에너지. 그리고 그 에너지의 중심에는 가족이라는 불가해한 힘의 동력이 있습니다.

영화는 인종, 언어, 국적 그 모두를 초월한 보편적인 주제를 담았으나, 인간이 다시 경계를 만드는 현실이 안타깝기도 했습니다. 그러나 또한 그만의 '자생력'으로 새로운 가능성을 열 것이라 믿습니다.

무너지지 않을 만큼

아버지가 병원과 집을 오가던 시절, 불안함과 걱정으로 죄스러운 마음은 매일같이 하루의 끝을 부수곤 했습니다. 무너지지 않기 위해 발악하듯 달리기를 시작한 것이 어쩌면 그때부터인 듯 싶습니다. 숨 쉬기 위해, 살아있음을 확인하기 위해 뛰었습니다. 어쩌면 지독한 자기애였고 스스로 소멸되지 않기 위한 안간힘이기도 했습니다.

동기가 어찌되었든 달리는 시간이 늘어나며 몸은 건강해졌고 그런 저의 모습을 어머니는 무척 좋아하셨습니다. 어머니는 늘 마지막 순간까지 여자이기를 소망하시는 분입니다. 그런 어머니에게 매일 달리는 딸의 모습은 성실히 자신을 관리하는 무척 기특한 모습으로 비쳤을 것입니다.

그런 식의 효도도 나쁘지 않아서 굳이 달리는 이유를 말하지 않았습니다. 어느 날에는 우아한 마흔을 꿈꾸기도 했으나 생각처

럼 마흔은 안정적이지 않았고 시간이 쌓일수록 여성의 아름다움
이란 것이 과연 어디에서 오는지 의문도 들었습니다.

장 피에르 카시뇰은 우리에게 잘 알려지지는 않았지만, 아름
다운 여인화로 유명한 프랑스 표현주의 화가입니다. 파리에서 태
어난 화가는 양장점을 경영했던 아버지로 인해 어릴 때부터 자연
스럽게 여성 모델들의 모습을 가까이서 볼 수 있었습니다. 여성
을 예술의 대상으로 삼게 된 배경에는 그러한 유년시절 환경이
큰 영향을 미쳤으리라 짐작됩니다.

장 피에르 카시뇰 작품 속 여인들은 모두 흐트러짐 없이 아름
답습니다. 창백할 정도로 환한 피부와 가냘픈 몸, 쉐도우로 깊어
진 눈과 붉게 채색된 입술. 그림 속 여인들은 과하지 않은 화장
의 우아한 세련미를 뽐냅니다.

그런데 무엇 하나 부족할 것 같지 않은 아름다운 여인들에게
서 단 하나, 미소가 보이지 않습니다. 무표정한 여인들은 우수에
젖었다기보다 슬픔에 가까운 듯도 했습니다. 마치, 아름다움이
무너지지 않을 만큼만 슬퍼하리라는 견고한 다짐이라도 한 듯이.

장 피에르 카시뇰 그림을 바라보다가 가장 아름다운 시절을
뜻하지만, 정작 행복한 순간은 깊이 숨어 있는 영화, 〈화양연화〉
의 첸 부인_{장만옥}이 그려졌습니다.

한 쪽 다리는 어제에, 다른 한 쪽 다리는 내일에 대한 불안감으로 결국 함께한 오늘을 지워버린 여인. 그러나 그 순간에도 소리 내어 울지 않은 여인. 그녀의 화려한 치파오와 흐트러지지 않은 머릿결은 슬픔 속에서 자신을 붙잡기 위한, 단단한 결의 같아 보이기도 했습니다.

작은 자취방에 처음 화장대를 들여왔던 날이 떠오릅니다. 무기력이 시간을 갉아먹어 늪을 만들고 있었습니다. 화장도 기술이라서 저는 화장을 잘 못합니다. 다만 하루에 단 오 분이라도 스스로를 바라보는 시간을 갖고자 했습니다. 그 오 분의 시간이 무너질 것 같은 나를 잠시나마 잡을 수 있을 것도 같았습니다. 때로 여성은 보이는 아름다움 때문이 아니라 스스로를 붙들기 위해 화장대 앞에 앉는 것이 아닐까 생각해봅니다.

고통은 매번 예사롭지 않게 던져지지만
가슴에 품은 작은 불씨 하나는 지키겠다는 다짐으로
무너지지 않을 만큼만 슬퍼하며
조금씩 깊어져 가는 것,
아름다움은 그로부터 오는 것인지도 모릅니다.

'생존'해야 하는 '인간다움'

어린 시절, 유독 깔끔한 성격의 어머니는 부스러기가 떨어지는 과자를 쉽게 허락하지 않았습니다. 어머니는 불량한 식품이라는 정당한 이유로 저를 설득했지만 미각의 달콤함을 알아버린 꼬마에게 금기는 욕망을 부추기고 일탈을 꿈꾸게 할 뿐이었지요. 저의 일탈은 작은 다락에 숨어 생라면에 스프를 뿌려먹는 것이었습니다.

미셸 푸코의 '헤테로토피아'라는 미완성된 개념이 있습니다. '다른, 낯선, 혼종 된'의 의미인 헤테로heteros와 '장소'라는 의미의 토포스topos의 합성어입니다.

미셸 푸코는 「헤테로토피아」에서 일종의 공상과도 같은 이상향의 세계인 유토피아와 '현실화된 유토피아'를 구분합니다. '일종의 반공간'인 헤테로토피아는 관념 속 유토피아와 '실제 공간'이라는 점에서 유토피아와 다릅니다.

불현듯 어린 시절 그 다락방이 떠올랐습니다. 잠시나마 생라면을 먹으며 만화책을 맘 편히 볼 수 있었던 작은 다락은 그 시절 저의 헤테로토피아였을까요.

우리는 끊임없이 일상 속에서 '탈출'과 '해방'을 위한 장소를 찾습니다. 그런데 그 시절 작은 다락이 쉽게 발각되어 제게 더한 절망을 안겨주었듯이 '현실화된 유토피아'가 과연 가능한지 의문이 남습니다.

전 세계적인 흥행을 거두며 다양한 콘텐츠를 재생산한 넷플릭스 드라마 〈오징어 게임〉의 이례적인 기록들은 감탄을 넘어 다양한 상념을 불러왔습니다. 벼랑 끝에 몰린 사람들이 돈을 쫓아 단순한 게임에 목숨을 거는 잔혹하고 자극적인 드라마에 이토록 많은 이들이 열광한다는 것이 어쩐지 쓸쓸하고 서글펐습니다.

물론 흥행 이유는 자본주의의 민낯이 긴긴 코로나 시대와 맞물려 경제적, 사회적 모순이 극대화된 시의성이 한 몫 했을 것입니다. 문제는 그 잔혹한 공간이 '일남'이 만든 헤테로토피아라는 것과 그곳을 선택한 456명의 사람들 역시 삶의 전환을 간절히 꿈꾸며 일상에서 '탈주'한 이들이라는 것입니다.

일남의 헤테로토피아를 재현한 알록달록한 공간은 현실과 단절되었으나, 더욱 치열한 현실 한복판이 되어 그 속에서 사랑과

배신, 복수와 연민, 연대의 변주가 뒤섞이는 인간의 연약한 본성이 여과 없이 드러납니다. 결국 모두의 헤테로토피아는 현실을 강하게 상기시키며 '탈주'의 한계성과 권력 관계의 속성을 날카롭게 일깨우는 역설을 낳습니다.

흥행 요인은 그 시대를 반영하기에 세계가 들썩이는 〈오징어 게임〉의 이슈화가 더욱 쓸쓸하게 다가옵니다. 우리는 과연 '어떤 공간'에서 '무엇을 위해' 살아야 할까요.

인간의 본성은 정해져 있지 않습니다. 그만큼 연약한 존재이기도 하지만 선택과 의지에 의해 변모의 가능성이 열려있기도 합니다. 우리의 현실이 〈오징어 게임〉보다 잔혹하다면 생존 목표는 '인간다움'에 있지 않을까 생각했습니다.

미셸 푸코도 미완으로 남겨놨듯이 일상 속 헤테로토피아는 불가능한 곳일 수 있습니다. 우리는 긴 코로나 시대를 건너며 어쩌면 가장 인간답지 못한 날들을 보냈는지 모르겠습니다.

그럼에도 불구하고 '생존'의 절박함으로 '인간다움'을 지켜낸다면 우리가 공존하는 '지금 여기'가 헤테로토피아가 될 수도 있지 않을까, 먹먹한 희망을 뱉어내는 요즘입니다.

나는 이 생이 아프다

생에도 속도가 있다면
그것은 아마 나무를 뒤흔드는 바람과 같지 않을까
찰나인 듯 혹은 시절인 듯
예민한 잎은 한 시절을 매달고
닫힌 마음은 더 깊은 뿌리로 숨는다
뿌리가 병들지 않을 수 있는 건
여전히 흔들리고 물들어가는 잎의 마음 때문

서점에서 『로트렉 몽마르트르의 빨간 풍차』를 봤습니다. 훔쳐 보듯 획획 넘기는 책장 사이로 그림 한 점이 눈에 박혔습니다. 판화 위에 그려진 그림은 스타킹을 신고 있는 여자였습니다. 스 카프만 두른 채 나체로 스타킹을 신고 있는 여자의 모습에 왜 덜 컥 눈물이 났는지 모르겠습니다.

툴루즈 로트렉은 우리에게 '물랑루즈의 작은 거인'으로 알려져 있습니다. 부유한 귀족 가문에서 태어났으나, 근친혼으로 인한 유전병과 사고로 성장이 멈춘 키 작은 화가. 절망을 잊기 위해 더 깊은 절망 속으로 들어가듯 소외된 사람들을 화폭에 담았으나 결국 알코올중독과 성병으로 서른일곱 살의 나이에 짧은 생을 마 감한 화가.

인상주의와 동시대를 살았으나 자연이 아닌 집요하게 인물에 집중했던 로트렉의 그림은 단순하지만 역동적이고 거칠지만 따 뜻합니다.

그의 삶이 온전히 정지하게 된 사건은 낙마사고였습니다. 아 버지의 영향으로 승마와 사냥을 자주 접했으나, 그는 승마 자체 보다 말을 타며 바라보는 빠르게 움직이는 풍경을 좋아했다고 합니다.

낙마 사고로 다리가 부러진 그는 152cm에서 더 이상 자라지 않았고, 움직이는 풍경 역시 영영 정지되어 버렸습니다. 비극적인 숙명은 그렇게 고요한 절망으로 잠식되고 그런 그에게 그림은 유일한 호소이자 위안이었겠지요.

살아있음을 증명하는 움직임에 대한 절규, 그것이 로트렉이 짧은 생에도 불구하고 수천 점의 그림을 남길 수 있었던 동력이지 않았을까 생각합니다. 모든 것을 할 수 있는 부를 가졌으나 아무것도 할 수 없는 신체, 그에게 살아있음은 끈질기고 지독한 피로이기도 했겠지요.

그래서 그의 그림에는 소외된 사람들, 그러나 끊임없이 움직여야 하는 사람들이 살아있습니다. 그리고 표정으로 표현될 수 없는 깊은 피로와 비애가 섬세하게 표현되어 있습니다.

〈스타킹을 신는 여자〉에서 느껴진 감정이 그랬던 것 같습니다. 창백하게 흰색으로 덧칠해진 얼굴과 가슴, 엉덩이, 목을 옥죄이듯 둘러진 스카프, 나체의 몸에 스타킹을 올리는 것조차 버거운 손길. 그러나 어느 순간엔 떨리는 손길로 옷을 입고 온 몸 가득 화사한 핑크빛이 감돌았던 시간도 있었겠지요. 다만 모든 것은 영원하지 않을 뿐.

인간의 위대한 내성은 열 번의 상처도 한 번의 설렘으로 위로할 수 있고, 귓속 깊숙이 밀어 넣은 밀어와 찰나의 손길이 만든 추억 한 자락으로 긴 시간을 견딜 수 있는 미련함에 있기도 합니다.

키 작은 화가가 붓을 통해 표현한 비명은 살아있기에 피할 수 없는 비애, 뿌리 뽑힌 사람들의 벗어날 수 없는 절망, 그럼에도 불구하고 비집고 튀어나오고야마는 생의 충동이 아니었을까 생각됩니다.

고요함으로 위장한 호수처럼 일상을 견디다 보면 또 어느 순간 격하게 일렁이는 순간이 오겠지요. 생의 충동으로.

세상을 역설하는 악귀

언제부터인지 드라마의 소재로 악귀가 자주 출몰합니다. 모두 뜨거운 화제를 불러일으키며 안방을 사로잡고 있습니다. 잘 짜인 각본에 현실과 판타지의 경계를 넘나들며 범죄 스릴러의 새 장르를 만들고 있는 드라마들은 강한 흡입력으로 시청자들을 매료시키기에 충분하지요.

그러나 드라마의 성공이 단지 잘 만들어졌음만을 의미하지는 않을 것입니다. 대중 매체는 우리가 살고 있는 사회와 대중의 취향을 반영하며 형성되기 때문입니다. 그래서인지 현실과 판타지의 모호한 경계는 '과연 누가 악귀이고 누가 사람인가,'라는 질문으로 이어집니다. 보이스 피싱, 학교폭력, 아동학대, 불법 대출과 악덕 사채 등 드라마의 주요 서사로 등장하는 일련의 사건들이 현존하는 사건들을 상기시키기 때문입니다.

이성으로 해석할 수 없는, 인간성을 상실한 기괴한 사건들 앞에서 느껴지는 무력함, 그것이 이 시대 악귀를 만들지 않았나 씁쓸하기도 합니다.

뉴스에서는 연일 참혹함만으로는 설명할 수 없는 사건들이 쏟아집니다. 드라마 속 악귀를 보다가 문득 어린 시절 숨죽이며 봤던 '전설의 고향'이 떠올랐습니다. 시대와 사회적 배경만 바뀌었을 뿐 저마다의 한이 원귀의 원인으로 작용함은 크게 다르지 않습니다.

결국 '살아서' 받은 배제와 차별, 폭력과 불평등의 경험들이 원귀를 만들고 원귀는 다시 살아있는 사람들에게 폭력적으로 돌아온다는 것입니다.

자본과 권력이라는 힘에 의해 여전히 폭력과 불평등이 반복되고 그 균열의 틈에는 혐오와 증오가 단단히 뿌리내리고 있습니다. 굳이 순서를 두자면 '살아서'가 먼저인데 그렇다면 살아있는 우리가 할 수 있는 것은 무엇이며, 또한 '살아서' 행복한 삶을 살기 위해 우리는 어떻게 해야 하는지, 수많은 물음들이 꼬리를 뭅니다.

아리스토텔레스를 비롯한 고대 그리스 철학자들의 '에우다이모니아'eudaemonia라는 개념이 있습니다. 흔히 '행복'으로 번역되곤 합니다. 그러나 행복의 주관적 의미와 객관적 범위, 그리고 사회적 영향과 심리적 요인에 의한 여러 논의에 둘러싸여 있기도 합니다. 어원적으로 'eu', 'daimon'의 합성인 'eudemonia'로 표기하기도 하는데 이는 '좋은 영혼'을 뜻합니다.

어쩌면 행복은 개인을 넘어 함께 하는 모든 사람, 모든 생명뿐 아니라 죽은 자의 안녕까지, 이 땅에 머물다 가는 모든 존재의 안녕을 걱정하는 '좋은 영혼'에서 비롯되는 것이 아닐까 생각합니다.

악귀들이 잔인하게 세상을 역설하게 된 이면에는, 그럼에도 불구하고 살아가야 하는 우리에게 던지는 뼈아픈 메시지가 담겨 있는지도 모릅니다.

기어이 사랑

우리가 걷는 길의 끝은
은닉이라 믿었던 그 길의 끝은
풍경 좋은 곳에 서 있는 두 개의 등대처럼
딱 그만큼의 거리에서
같으나 다른 방향으로 고개 돌리는
높은 외로움

매일 멀어져도 돌아오고야 마는
그러나 한곳에서 만날 수 없는
발자국조차 지워지는
무척 시시한 활주

혼자 비디오방에 숨어 영화를 보는 시간이 유일한 취미였던 시절이 있었습니다. 수업에 공백이 생길 때면 도서관에 책가방을 벗어둔 채 단골 비디오방을 찾았습니다.

그때 봤던 영화들은 대부분 무겁고 난해하고, 그러나 지독한 여운으로 돌아오는, 일명 '작가주의 영화'들이었습니다. 정확히는 작가주의 영화라기보다 제 시각이 작가주의에 치우쳐 있었다는 것이 맞을 겁니다. 미지의 세계를 탐구하듯, 혹은 수수께끼를 풀 듯 인간의 바닥까지 파고드는 영화가 그때는 좋았습니다.

가장 불가사의했던 인간의 감정은 다름 아닌 사랑이었습니다. 사랑이 결코 안락하지 않음을 어렴풋이 알게 된 후이기도 했습니다.

꽤나 낭만적인 영화라 짐작되어 보게 된 영화 〈퐁네프의 연인들〉은 처절하기까지 한 현실감으로 한동안 일상을 뒤흔들었습니다. 폐쇄된 다리 퐁네프, 그곳에서 만나게 된 두 남녀의 열정적이지만 초라하고 낭만적이라기엔 지저분한 사랑이야기. 몸도 성치 않은 거지와 시력을 잃어가고 있는 화가의 절망에 가까운 사랑은, 마치 밑바닥에서 한껏 웅크리고 있는 사랑이라는 감정이 뱉어낸 오물 같았습니다.

첫 감정이 의심스러워 두어 번 반복해서 봤습니다. 영화든 노래든 뭐든 마음을 후벼 파면 지칠 때까지 듣고 보는 습성 때문이었습니다.

두 번째 봤을 때는 감독의 시선이 보였습니다. 개연성 없이 흘러가는 듯한 장면들은 일부러 외면하고, 혹은 놓치고 싶지 않은 것들을 거칠게 이어 붙이고, 남녀의 불안함은 흔들리는 초점과 어지러운 색채, 그리고 어울리지 않는 음악으로 전달하고 있었습니다.

여자는 이별과 사라지는 시력의 결핍이 사랑으로 이끌었지만, 남자에게 사랑은 영원하길 바라는 불꽃놀이처럼 다가옵니다. 3년 동안의 이별. 여자와 남자를 가로막은 것은 삶의 불운에 있지만, 각자의 희망은 다른 곳에 있습니다. 당연히 그 불운을 벗어나기 위한 유일한 희망이 여자였던 남자가 더 처절할 수밖에 없지요.

언어가 아닌 온몸으로 표현하는 환희와 절망, 집착과 고독의 절규는 오히려 그 어떤 왜곡도 없이 사랑의 모든 감정을 담아냅니다. 결국 여자를 끌어안고 세느 강에 몸을 던진 남자.

영화는 두 남녀가 다시 긴 길을 떠나며 흡사 해피엔딩으로 끝나는 듯하지만, 엔딩 크레딧 내내 이어진 어디일지 모를 도시의 소음은 어쩐지 다시 헤매게 될 두 사람의 미래를 암시하는 것도 같았습니다.

스크린 속 두 남녀는 상황이 특수할 뿐 그 감정은 현실과 다르지 않고, 예측할 수 없다는 것 역시 삶과 닮았습니다. 그럼에도 기어이 사랑을 선택한 것처럼 우리도 살아가는 내내 그러하겠지요.

모든 감정의 갈래가 결국 사랑이라는 거대한 울타리 안에 있는 듯합니다. 애거사 크리스티의 소설 「사랑을 배운다」에서 행복한 결혼생활을 꿈꾸었으나 점점 지쳐가는 여인에게 남자가 물었습니다.

"왜 결혼했죠?"

그녀는 눈을 동그랗게 뜨고 당연하듯 대답합니다.

"그를 사랑했으니까요."

소설은 헌신과 연민이 되어버린 사랑, 사랑이 짐이 되고 희생의 굴레가 되어버린 삶, 그 역시 인생이라고 말합니다. 어쩌면 삶을 잇는 모든 매듭은 보편적인 사랑에서 비롯된 것이 아닐까 생각했습니다. 비록 시시하게 끝날지라도 그 흔적은 아프지만 자연스럽게 온 몸의 주름처럼 새겨지겠지요.

가끔씩 더듬는 손길이 후회가 아닌 빛났던 시간으로 향하길 바랍니다. 그래서, 그럼에도 불구하고, 기어이 사랑을 선택하길.

사춘기의 BGM

1990년대 사춘기의 BGM은, 이문세의 '별이 빛나는 밤에' 용돈을 모아 산 카세트 테이프들. 라디오에서 좋아하는 노래가 나오면 잽싸게 녹음 버튼을 눌러 만들었던 나만의 플레이리스트였습니다. 누군가는 격하게 공감하겠지만 이제는 모두 사라진 것들입니다.

이따금 음악은 뜬금없이 되감기하듯 그 시간의 나와 그때의 감정을 지금 여기로 데려다 놓습니다. 그것이 음악의 가장 큰 힘인 듯합니다. 모두가 공감할 수 있는 추억소환에 음악만한 것은 없지요.

그때는 거금이었던 콘서트 티켓, 차곡차곡 모은 돈을 탈탈 털어 처음 손에 넣었던 티켓은 H.O.T도 젝스키스도, 서태지와 아이들도 아닌 N.EX.T. 콘서트였습니다.

위키백과에 신해철1968년 5월 6일~2014년 10월 27일이라는 이름 석 자를 치면 '대한민국의 가수 및 프로듀서, 라디오 DJ, TV 프로그램 MC, 사회운동가, 논객이다.'라고 알려줍니다.

그는 1988년 밴드 '무한궤도'라는 이름으로 대학가요제에서 대상을 받으며 가수의 삶을 시작했습니다. 그리고 '무한궤도' 해체 후 솔로 아티스트로 활동하다 1992년 록 밴드 'N.EX.T.'를 결성했습니다. 1990년대는 아날로그와 디지털의 변화가 공존했던 시기인 만큼, 그 시대의 청춘들은 일면 X세대라 불리며 이전 세대에 비해 많은 자유를 누렸으나 그로 인한 혼란 또한 혼재했던 시대를 겪어야 했습니다.

급격한 경제발전으로 부족함 없는 유년시절을 보내며 개성 넘치는 세대로 성장했으나 막 사회에 내던져지니 IMF가 도래하여 일찌감치 현실의 벽과 마주했고 현재에도 최악의 관문인 취업난이 시작되기도 했습니다.

꿈의 의미와 현실이라는 벽, 그 이상과 현실 사이에서 방황했던 수많은 청춘들에게 신해철은 아마도 한 사람의 가수 그 이상이었을 것입니다. 그의 노래 곳곳에는 방황하는 마음의 가닥과 동시대를 사는 사람이기에 건넬 수 있는 위로, 그럼에도 불구하고 꿈을 포기하지 않는 결의가 담겨 있습니다.

46세의 나이로 조금은 소란스럽게 짧은 생을 마친 신해철. 신해철의 죽음은 이례적인 조문객 수를 기록하며 하나의 신드롬으로 거론되었습니다. 유명한 연예인의 죽음이라고 해도 쉽게 납득이 되지 않는 현상이었지요.

그의 죽음은 어느덧 기성세대가 되어 있는, 한 가정의 가장이자 아이 엄마가 되어 하루하루 버거운 날들을 보내고 있는 수많은 이들에게 싱그러웠으나 아프고, 아름다웠으나 아린 청춘의 한때가 뚝 끊어지는 상실감으로 다가왔을 것입니다.

모든 것이 설익은 것들뿐이었던 시절, 무엇 때문에 그토록 열광 했었나 돌이켜보면 공감, 위로보다 이상적인 어른의 모습 때문이었던 듯합니다. 어른이라고 다르지 않았던 흔들림과 고뇌, 그러나 주의 깊게 사회를 바라보고 혼자가 아닌 함께하는 것의 가치를 강조했던 그의 모습이 무척 닮고 싶었던 어른의 모습이었습니다. 어른에 대한 불신이 가장 격렬했던 사춘기, 작은 희망이자 이정표가 되었던 것이지요.

노래에 미처 담지 못한 말들을 그는 라디오와 티비 매체를 통해 쏟아냈습니다. 그 말들이 독설이 되어 사회운동가이자 논객이라는 이력이 더해졌습니다. 그러나 그는 '나는 독설을 좋아하지 않는다.'고 말했지요. 어쩌면 우리는 한 사람의 소신이 독설이 되어버리는 아이러니한 세상에 살고 있는 건 아닌지 모르겠습니다.

그의 마지막 방송 '속사정 쌀롱'에서 백수에 대한 주제로 그가 했던 말을 기억합니다. 그는 '다른 계획을 세우고 오늘 땀을 흘리는 것과 아무것도 할 수 없는 상태에서 일을 하는 것과는 다르다. (중략) 절망에 빠지지 않도록 하는 게 복지이다.'라고 말했습니다.

그는 청춘들과 고뇌를 함께 하고 되돌아올 칼날 같은 시선이 두려워 침묵하는 모든 기성세대를 대신하여, 끊임없이 세상을 향한 말들을 토해냈습니다. 그리고 독설이라 하는 그의 말들이 결국엔 궁극적인 삶의 행복을 위한 이야기였음을 우리는 알고 있었지요.

그는 마지막 가는 길목에서 죽음으로 또 한 번 세상에 불씨를 던졌습니다. '그는 죽어서도 세상과 싸우고 있는지 모르겠다.'라는 당시 손석희 앵커의 말처럼 그의 죽음은 의료사고라는 불편한 진실을 세상에 드러냈지요.

어김없이 시간이 흘러 나이는 들어가는데 노래는 늙지도 않고 속수무책으로 마음을 헝클어트립니다. 늦가을 해질녘은 더욱 마음의 방어벽이 허물어지기 마련입니다. 그가 생전에 장례곡으로 틀어달라던 '민물장어의 꿈'이 불시에 라디오에서 흘러나온 날. 유쾌하지만 날카로웠던 그의 말들이 돌연 심장을 흔듭니다. 그리고 어른이 되어버린 지금의 내 모습은 과연 어떠한지. 속절없이 먹먹해지는 늦가을입니다.

흔들리는 길 위에서

때때로 역사는 우연이라기엔 참 얄궂게 흘러가기도 합니다.

우리에게 동학농민운동을 소재로 한 소설 「녹두장군」으로 알려진 송기숙 작가는 1935년 일제강점기에 태어나 해방과 한국전쟁, 유신체제, 5·18 광주민주화운동등을 온 몸으로 겪은 시대의 산증인이자 지식인입니다.

사회적 모순에 끊임없이 의문을 던지고 더 나은 현재의 길을 탐색하는 실천으로써 펜을 놓지 않았던 작가였기에 그의 작품은 곧 삶의 공간이었고 허구이면서 현실이었습니다. 2000년에 발표한 「오월의 미소」 역시 17년이 지났음에도 진정한 책임규명이 없는 광주를 상기시키며 '어떻게 살아가야 하는가'에 대한 묵직한 질문을 던지고 있습니다.

송기숙 작가는 「오월의 미소」 후기에 공교롭게도 광주항쟁 가해자들 재판이 진행되고 있을 때 일어난 버스 운전기사 박기서씨의 사건을 언급하며 일심 재판 때부터 나오기 시작한 사면 소리에, 우리 사는 현실은 나보다 앞서 소설을 만들고 있다고 하였습니다. 그러면서 이 소설은 그런 현실의 뒷전에서 거세게 고개를 젓는 사람들의 이야기라고 창작 동기를 밝혔습니다.

소설은 살아가기 위한 '화해'와 책임규명의 윤리로서 '응징'의 물음을 던집니다. 그리고 공존할 수 없을 것 같은 상극의 개념은 소설 속에서 이원적이거나 상호 연결되는 인물들을 통해 함께 나아가고자 합니다.

온전히 과거를 청산하기 위해서는 진실을 찾는 데서부터 시작해야 하고, 잘못은 용서 받으려는 자세에서 비롯되어야 화해로 나아갈 수 있습니다. 그것은 당연한 상식이지요.

그런데 걸치고 있는 옷가지가 겹겹이라 그러한 상식에 도달하는 것조차 긴 설득의 시간이 필요합니다. 결국 각각 다른 상식의 범주, 그 틈새는 끝나지 않는 긴 울음과 눈물로 얼룩질 수밖에 없습니다.

2021년 12월, 송기숙 작가가 삶의 긴 복무기간을 마감했습니다. 10월, 11월 노태우, 전두환 두 전직 대통령의 죽음에 이은 작가의 별세는 우연치고는 쓸쓸하고 허망하게 다가왔습니다.

전 세계가 바이러스와 싸움을 이어가며 일상을 찾기 위해 고군분투하는 사이 역사는 또, 그렇게 흘러갑니다. 걸어온 발자취가 아픈 역사를 딛고 있기에 죽음 뒤에도 수많은 논란이 뒤를 이었습니다.

살아남은 자는 살아가야 하기에 우리는 각자의 길을 찾으며 오늘을 살아갑니다. 그러나 삶의 저변에는 여전히 무수한 변수가 숨어 있으므로 언제 고개를 틀어 방향을 바꿀지 모릅니다. 이토록 불명확하고 불안정하기에 또한 살아갈 수밖에 없는지도 모르겠습니다.

꽁꽁 얼어붙은 한 해의 끝, 우리는 또 무엇을 잃고 무엇을 얻었는지 생각해봅니다. 분명한 건 여전히 '민주적'이지 않은 미해결의 역사는 진정한 애도를 반복해서 박탈한다는 것입니다.

기억이라는 환영

키르기즈스탄 작가 친기즈 아이뜨마또프는 2차 세계대전 중이던 14세 때 러시아어 번역과 글쓰기를 시작했습니다. 작가는 이중 언어를 구사하여 1950년대는 러시아어로, 1960년대는 키르기즈어로, 그러다 1966년 이후부터는 다시 러시아어로 작품을 썼습니다.

그러한 이유로 1980년대 키르기즈 작가연맹에서 제외되면서 소비에트 작가로 활동했으나, 키르기즈스탄이 독립국이 되는 1991년 말부터 그의 작가적 정체성에 논란이 일기도 했습니다. 키르기즈스탄에서 태어났으나 러시아어와 키르기즈어 사이에서 스스로 정체성을 찾기 위한 긴 고뇌의 시간이 그의 작품에서 고스란히 묻어납니다.

1980년에 발표한 「백년보다 긴 하루」는 호의적이지 않은 시대,

열악한 환경에 던져진 개인들이 스스로 인간 보편의 가치와 그 생명력의 원천을 찾기 위해 분투하는 이야기가 담겨져 있습니다.

'동쪽에서 서쪽으로, 서쪽에서 동쪽으로' 쉼 없이 달리는 기차와 광활한 스텝지대, 그곳에 들어선 로켓 발사 시설, 그리고 오랜 시간 전해져 내려온 전설과 노래, 전쟁과 스탈린 시대가 낳은 억압과 파괴 등의 이야기는 서로 단절된 듯 맞물리며 정체성에 대한 물음으로 이어집니다.

예지게이의 회상으로 전개되는 파편화 된 이야기들 속 인물들은 심지어 낙타까지도 거대한 은유처럼 다가옵니다. 예를 들자면 거세하지 않은 낙타는 기억을 거세당한 만꾸르뜨와 모든 것을 박탈당한 라이말리 아가와, 그리고 억압의 시대는 열악한 환경의 스텝지대로, 아부딸리쁘의 이야기는 도넨바이 새의 울음으로……

까잔갑 영감의 죽음으로 시작된 '백년보다 긴 하루'의 여정에는 과거−현재−미래, 시간과 시대의 궤도 속에서 단절과 회생을 반복해야 했던 개인의 삶이 함축되어 있습니다. 민족적 정체성은 예지게이의 기억을 매개로 과거와 연결되고, 또한 개인의 삶은 소비에트 역사와 연결되며, 로켓 발사 시설은 미래로 연결됩니다.

제가 주목한 것은 성실한 삶, 경험을 통한 각성, 현명한 전망을 위한 모험, 그리고 자유와 사랑을 추구하고 실천했던 인물들의 죽음에 있었습니다. 그들은 만꾸르뜨와 현실 속 만꾸르뜨 인물, 사비찬과 대비를 이룹니다. 츄안츄안 부족이 전쟁 포로들을 순한 노예로 만들기 위해 낙타 가죽을 머리에 씌워 기억을 말살시킨 후 만꾸르뜨로 만든 이야기는 중앙아시아에 전해져 내려오는 전설입니다.

작가는 만꾸르뜨의 전설을 통해 '과거로부터 온 현재', '현재로부터 올 미래', 그 사이에서 잊지 말아야 할 가치와 의미를 조명합니다. 혹독한 시대는 개인을 만꾸르뜨로 만들거나 '죽음'으로 사라지게도 하였으나, 그럼에도 불구하고 죽음은 다시 개인들의 기억으로 공유되어 현재를 각성시킵니다. 이념과 체제의 견고함, 그 소리 없는 파괴력은 기억의 단절이라는 폭력으로 수많은 만꾸르뜨를 만들어 냅니다.

소설이 먹먹하게 다가왔던 이유는, 모든 역사의 저변에 균열을 야기하는 확고한 틈새인 '이데올로기적 억압'이 현재에도 유효하다는 것입니다. 만꾸르뜨는 소련 붕괴 후 하나의 보통명사가 되기도 했습니다. 중앙아시아에서 하나의 개념으로 정착된 '만꾸르티즘'은 역사를 은폐하고 왜곡하는 사람들을 지칭하는 부정적인 의미를 지니고 있습니다.

소설은 삶이라는 긴 길과 닮았습니다. 과거에서 현재, 그리고 미래로 향하는 긴 여행길은 '죽음'으로 향하지만, '인간은 아무 의미 없이 이 세상에 왔다가지는 않'으며 '살다보면 어떤 의미로는 무슨 일이든 다 하나의 역사적 사건'이 됩니다.

그 긴 길 위에서 우리의 질문은 '무슨 일이 일어났느냐가 아니라 그 일이 어떻게 일어났느냐 하는' 것입니다. 그리고 해답을 이끌어내기 위해 전제되어야 할 것은 '정체성'을 자각하는 것에 있을 것입니다. '우리'는 누구인가를 묻기 위해선 '나'는 누구인가에 대한 질문이 선결되어야겠지요. 개인의 발자국은 그 집단, 사회, 국가의 발자국을 함축하고 있기 때문입니다.

작가가 전설과 공상SF과 같은 장치를 삽입하며 다양한 개인들의 이야기를 서술한 이유는 시대와 권력, 황폐한 환경, 그 모든 고난을 견딘 것이 개인들의 '힘'에 있다는 것을 말해주고 싶어서인 것 같습니다. 그리고 살아남은 이들이 할 수 있는 최선의 길이란, 기억을 통해 현재의 '책임'을 자각하는 것에 있음을 전달하고자 한 것이 아닐까 생각해봅니다.

죽음의 총성이 멈추지 않는 날들입니다. 만꾸르뜨가 되거나 사라지거나, 그럼에도 불구하고 붙잡아야 할 것들이 '도대체 왜'라는 질문과 함께 절뚝이며 걸어오는 날들입니다.

옳고 그름의 기준

영화 〈더 킹〉은 2017년 1월에 개봉했습니다. 당시 이 영화는 국정농단과 대통령 탄핵 소추 상황과 맞물리며 큰 주목을 받았었지요. '대한민국의 왕은 누구인가'라는 물음을 묵직하게 던지는 영화는, 무소불위 권력을 쥐고 싶은 박태수가 권력의 설계자 한강식정우성을 만나며 '킹'이 되기 위해 고군분투하는 과정 속에서 권력과 폭력의 양면을 적나라하게 보여주고 있습니다.

영화는 명백히 '허구'임을 표명했으나 도입부터 전두환, 노태우, 김영삼, 김대중, 노무현, 이명박, 박근혜까지 실제 연설 장면과 대선 장면을 삽입해 '그럴 것 같은' 리얼리티를 살렸습니다.

그래서 영화 속의 사건들은 상상 속의 사건이지만, 실제 영상자료와 어쩔 수 없이 연상되는 사건들의 기시감으로 영화에 깊이 몰입할수록 현실과의 경계가 모호해집니다. 그리고 정의와 신념을 소멸한 소위 '1% 정치 검사'의 헤게모니와 이데올로기 속에서 철저히 이기적인 개인의 선택이 초래한 사회적 파장을 우회적으로 담고 있습니다.

〈더 킹〉에서 한강식은 고된 업무와 박봉에 시달리는 평범한 99%에 속했던 박태수에게 '역사적으로 흘러가'라며 조롱하듯 당당하게 소리칩니다. 영화에서 그려지는 '1%' 그들의 일상은 화려하지만 고상하지 않고, 그들이 쥔 권력은 그릇된 폭력으로 얼룩져 견고하지 않으며, 신중함을 잃은 행동은 천박하기만 합니다.

그러하기에 권선징악의 논리로 무너지는 주인공들의 삶은 99% 평범한 사람들의 상실감을 메우는 듯도 하지만, 영화는 스크린 밖으로 모든 영화적 순간을 관통한 '총알'을 내보냅니다. 결국 영화는, 옳고 그름을 판단하는 기준은 민심에서 비롯되어야 하며 선택 또한 국민에 의한 것이라는 당연한 이치를 전달합니다.

언 강 밑을 세차게 흐르는 물처럼 2021년에서 2022년으로 흘러가던 그해 겨울 추운 거리를 가득 채우던 뜨거운 '촛불'이 유독 눈앞에 아른거렸습니다. 아이러니하게도 〈더 킹〉에 나오는 사건들과 '야바위'로 비유되는 정치판의 자극적인 내러티브는 지금도 유효하게 오버랩 됩니다.

영화에서처럼 반공 이데올로기부터 보수와 진보의 이념대립은 한국 현대사와 함께 흘러왔고 현재에도 그러하지요. 누구나 압니다. 다른 이념이 서로를 향하는 칼이 아닌 함께 사회를 지탱하는 기둥이 되어야 한다는 것을.

그래야 두 다리로 내딛는 발걸음처럼 정치와 사회, 문화와 경제가 일정한 보폭을 유지하며 앞으로 나아갈 수 있음을.

그 당연한 사실을 우리는 지난 역사를 통해 반복적으로 배워왔습니다. 그리고 그 상식과도 같은 이치가 어긋나면 어떠한 대가를 치러야 하는지 또한 유독 시린 겨울을 보내며 깨닫기도 했습니다.

돌이켜보면 역사는 적당히 뻔하게 흘러온 듯 하지만, 뻔한 역사에 제동을 걸고 미세하지만 방향을 틀었던 순간에는 민심이 있었습니다. 어지럽고 비현실적인 뉴스를 접할 때면 어김없이 그해의 촛불이 아른거립니다.

역사는 반복되고 발걸음은 자주 삐걱거릴 테지만, 부디 그 모든 대가에 약하고 선한 이들의 희생이 담보되지 않기를 바랍니다. 지금 우리는 과연 무엇이 달라졌는지. 다시 묻고 싶은 날들입니다.

조금, 쓸쓸한 기록

당신은 어느 긴 길 위에 있습니까

바람처럼 왔다가 바람 길로 떠난

제주 살이 초반, 그저 이방인에 지나지 않았던 저에게 제가 살고자 선택한 제주가 얼마나 아름다운 곳인지, 그리고 섬을 사랑하는 표현의 방식이 어떠해야 하는지 일깨워준 곳이 있습니다. '두모악김영갑갤러리'입니다.

김영갑은 제주를 사랑하고 제주의 자연에 매료되어 정착을 선택했습니다. 그는 30만 장이 넘는 사진을 남기고 마흔여덟 살의 나이로 짧은 생을 마감한 사진작가입니다. 그의 열정과 정성이 깃든 한라산 자락의 작은 갤러리는 오늘도 수많은 사람들이 오가는 명소입니다.

한때는 작은 폐교 운동장이었을 마당은 바람과 돌과 사람이 공존하는 아기자기한 정원이 되었고, 아이들의 웃음소리가 울려 퍼졌을 교실은 제주의 아름다운 풍경들로 가득 메워져 있습니다.

충남 부여에서 태어난 김영갑 작가는 1982년 제주의 때 묻지 않은 자연에 매혹되었습니다. 그러다 1985년 제주에 정착하여 제주의 수많은 얼굴들을 작은 앵글에 담기 시작했습니다. 그의 앵글 안에는 빛에 따라, 바람에 따라, 계절에 따라 변하는 제주의 다채로운 자연이 담겼고 그곳에서 살아가는 제주 사람들의 일상이 담겼습니다.

그 중에서도 그가 가장 사랑했던 피사체는 제주의 오름이었습니다. 해발 200~600m 중산간에 있는 360여 곳이 넘는 기생화산, 오름은 사시사철 밤낮을 가리지 않고 그의 영혼을 필름 속에 묶어두었습니다.

그런데 2000년 무렵, 그에게 루게릭병이 시작되었고, 뒤이어 시한부 선고를 받게 되었습니다. 그러나 손이 떨리는데도 그는 계속 셔터를 눌렀고 2002년에는 서귀포 삼달리에 있는 작은 폐교를 손수 꾸며 한라산 옛 이름을 딴 갤러리 '두모악'을 열었습니다.

두모악에서 멀지 않은 곳에 있는 용눈이오름과 다랑쉬오름은 마지막까지 그의 시선이 머물렀던 곳입니다. 그래서일까요. 그의 사진들을 들여다보면 정지되어 있는 찰나의 풍경임에도 빛과 바람이 느껴지고, 그 모든 실루엣에는 흡사 사랑하는 사람을 바라볼 때와 같은 따뜻함이 있습니다.

제주라는 곳은 이토록 아름다워 수많은 사람들이 사랑해 마지않는 곳입니다. 그러나 황홀한 풍경 역시 순간 머물다 사라지고, 사람들은 다시 익숙한 일상 속에 파묻혀 그 순간을 잊고 살아갑니다.

오늘도 수많은 사람들이 제주를 오가고 누군가는 더 풍요로운 삶을 꿈꾸며 제주에 정착할 것을 결심합니다. 그러면서 제주는 많이 변하기도 했습니다. 때때로 오랜만에 찾아간 곳에서 낯선 풍경을 마주하기도 합니다. 그럴 때면 우리가 바라는 제주는 어떤 모습인지, 가장 제주다운 모습은 무엇인지 자문해 보기도 합니다.

바람처럼 왔다 바람 길로 떠난 작가,
그가 사랑했고, 우리가 머무는 제주
눈에 담았던 풍경이 스산하게 느껴질 때면
그 모습을 다시 마음에 새기고 싶어
훌쩍 여행 가듯 두모악으로 흘러들어갑니다.

불온한 시대, 연대의 가치

유독 뜨거웠던 여름도 가고 어느새 바람 끝에 가을이 묻어납니다. 제주도는 타 지역과 달리 '모둠벌초'라는 독특한 문화가 있습니다.

음력 8월 1일이 되면 친인척들이 모두 모여 조상의 묘를 찾아다니며 벌초를 하는데, '추석 전이 소분 안허민 자왈 썽 멩질 먹으레 온다. 추석 전에 소분을 안 하면 조상이 덤불을 쓰고 명절 먹으러 온다.'라는 속담이 있을 만큼 중요한 가치를 지닌 행사입니다. 2010년 전에는 '벌초방학'이 있었다고 하니 의미의 각별함이 짐작되지요.

외지인의 눈에는 생경스럽기만 했던 벌초 문화는 제주생활이 차곡차곡 쌓여가면서 자연스럽게 제주만의 고유한 공동체문화로 받아들여졌습니다. 코로나19, 화장 문화의 확산, 세대 갈등 등 시대와 사회적 변화로 인해 규모는 점차 간소화 되고 있지만 현재까지도 벌초문화는 제주 안에서 굳건히 이어지고 있습니다.

　여름 끝자락, 제주의 공동체문화인 벌초가 유독 마음에 여운을 남기는 이유는 '각자도생'이 고착화 되어가는 시대의 혹독함 때문일 것입니다.

　21세기에 일어난 참혹한 전쟁은 여전히 끝이 보이지 않습니다. 최악의 경제위기와 이상기후까지, 그야말로 전 세계가 불안한 날들을 견뎌내고 있습니다. 지구는 수차례 이상기후로 경고를 보내고 있지만, 인간은 불순한 전쟁을 이어가고 있는 것입니다.

전쟁, 전염병, 인플레이션, 산불, 가뭄, 홍수로 덧칠된 이 불온한 시대에 우리 끝끝내 지켜야 할 본성이 있다면 과연 무엇일까요. 인간이기에 선택할 수 있는 연대의 가치를 생각해봅니다.

주어진 삶의 무게를 감당하기에도 버거운 각자도생의 시대에서 세상을 변화시키고자 하는 개인의 생각은 무모하고 무기력할 수밖에 없습니다. 그래서 각자의 삶에 충실히 임하는 것이 현재의 최선일 수도 있습니다. 그러나 분명한 것은 개인과 국가, 국가와 세계는 서로 연결되어 공존한다는 것입니다.

불온한 시대에 통합과 연대가 어쩌면 공상처럼 다가올 수 있으나, 연대의 의미가 공동체의 목표를 위해 함께 노력하고 위험과 부당함에 맞서 자발적이고 참여적인 원조에 있음을 상기할 때 어느 때보다 지금, 더욱 간절한 가치이지 않을까 생각해 봅니다.

올 추석도 치솟는 물가에 시름 깊은 추석이겠으나 '푸른 하늘' '푸른 오름'처럼, 그리고 묵묵히 이어가는 '모둠벌초'처럼 함께 모인 가족공동체 모두가 하나의 '풍경'이 되기를, 그 '풍경'들이 소외되고 고립된 어두운 곳까지 품을 수 있기를 마음 깊이 기원합니다.

언어에 스며든 삶의 질감

제주도를 처음 찾았던 2001년, 공항을 나서면서부터 눈에 들어온 야자수와 이국적인 풍경이 지금도 생생합니다. 제주의 매력은 그토록 강렬했습니다.

짧게 머물다 갔던 첫 제주여행의 기억은 깨진 유리조각처럼 반짝이기도 했지만, 눈길이 닿았던 곳곳이 상처로 느껴지기도 했습니다. 여행은 누구와 함께 하느냐에 따라 아프게 기억되기도 합니다. 그런데도 제주의 풍경이 늘 눈에 아른거렸습니다.

제주를 선택하기까지 시간은 단 1분도 걸리지 않았습니다. 길다면 긴, 짧다면 짧은 서울살이는 오장육부 멀쩡한 곳 없이 무너지고 병든 몸을 남겼습니다. 퇴사를 결심한 그날, 흑석동 작은 방으로 돌아와 건물이 막고 있는 창을 바라본 순간 떠오른 곳이 제주였습니다.

집을 정리하고 차 한 대에 배낭 두어 개를 싣고 제주로 왔습니다. 그렇게 2009년 막연히 바다를 건넌 후 꼬박 두 달, 섬 곳곳을 떠돌았습니다. 4·3 평화공원을 찾아가 제주의 사연을 듣고, 사연을 전설처럼 품고 있는 한라산에 오르고 모든 올레길을 걸으며 섬의 모습을 그렸습니다. 그것이 입도자인 제가 섬에게 표할 수 있는 최소한의 예의라 생각했습니다.

제주의 바람이 때로 사나웠으나 어느 곳에서는 꽃이 피어나 모든 계절이 달콤했기에, 마지막 안식처로 삼기에는 서글플 만큼 아름다운 곳이었지요.

이른 겨울, 제주시에서 한라산을 넘어 서귀포로 넘어갈 때면 마치 서울에서 강원도를 거쳐 전라도로 향하는 여정처럼 제주의 기후는 변화무쌍합니다. 걷다보면 어느새 바람의 촉감이 바뀌고 하늘의 구름도 다른 그림을 그립니다. 동서남북 방향을 달리 하면 바다의 빛깔도 변합니다.

멀리 가지 않아도 산, 바다, 오름, 계곡, 그 모든 자연을 만끽할 수 있는 제주는 막연했던 기대를 확신으로 채우기에 충분했습니다. 그리고 넘치는 제주의 매력에 신비로운 감성의 옷을 입힌 건 바로 제주의 언어였습니다.

이국의 언어인 듯 그 의미를 짐작조차 할 수 없었던 제주어를 한 해, 또 한 해 제주에서의 시간이 쌓여 갈수록 어렴풋이 알아듣게 되었습니다. 무엇보다 제주어는 그 의미보다 제주만의 독특한 감수성으로 다가왔습니다. 지금도 제주어로 쓴 문학작품이나 제주 할망의 대화 내용을 온전히 알아듣는 것은 쉽지 않지만, 신기한 것은 느낌으로, 분위기로, 감정으로 전달이 된다는 것입니다.

알아들을 수 없지만 알 수 있는 아이러니, 그것이 제주어가 가진 마력인 것 같습니다. 당신도 한번쯤은 제주어로 쓴 시 한편 소리 내어 읽어보시기를. 시의 의미를 정확히 파악하는 것은 어렵겠지만 척박한 환경에서 굴하거나 체념하지 않는, 강인하면서도 낙천적인 삶의 의지가 제주어의 운율을 따라 전달될 것입니다.

파도에 깎이고 바다에 고립되어도 바람 길을 내어주는 투박한 돌담처럼, 제주어에는 제주인의 삶과 문화가 고스란히 스며있습니다. 그래서 제주어는 번역이 필요한데도 소리 내어 읽으면 그 분위기만으로도 생생하게 전달되곤 합니다.

2010년 유네스코는 제주어를 '아주 심각하게 위기에 처한 언어'로 분류했습니다. 제주어를 지키기 위한 노력이 다양하게 진행되고 있지만, 젊은 세대를 중심으로 일상에서 덜 사용하고 있는 것 또한 사실입니다. 그래서인지 미디어를 통해 들려오는 제주어는 반갑고도 가슴 뭉클합니다.

특히 노희경 작가의 드라마 〈우리들의 블루스〉는 벚꽃 한번 맘 놓고 보지 못할 만큼 고단했던 봄에 잠시나마 목발이 되어주기도 했습니다.

투덕거리지만 따뜻하고 억척스럽지만 서로 기대어 살아가는 삶의 다양한 풍경은 투박하지만 사람 냄새 가득한 제주어와 어우러져 깊은 공감으로 다가왔습니다. 굳이 자막을 넣으면서까지 작가가 제주어를 고집한데에는 아마도 삶의 리듬이 고스란히 녹아 있는 제주어의 '맛' 때문이지 않았을까 생각했습니다.

제주어에는 아프고 모진 시간의 기억, 그럼에도 켜켜이 쌓인 시련들 툭툭 털어내며 살아 온 제주인의 생명력이 담겨있습니다.

제주는 그런 곳입니다. 불에 타들어가 속을 비운 그곳에 동백도, 담쟁이도 품어 다시 생명을 키운 선흘리 '불칸낭'처럼, 서러운 무덤이면서 모든 사연을 신화로 만들고 있는 섬입니다.

제주에서 살아간다는 것은 지문처럼 새겨진 사연과 언어의 결을 마치 바람의 리듬을 더듬거리듯 천천히, 그러나 같은 보폭으로 따뜻하게 위무해주는 것이라고 생각합니다. 오늘도 이 섬엔 전해 듣지 못한 사연들이 어딘가에서 조용히 피고 질 것입니다.

4부 서글프도록 아름다운 마지막 은신처

스스로의 열정으로 설득시킨 자유

뜨겁게 내리쬐는 태양과 긴긴 장마가 주는 습한 기운이 더해져 여름은 어쩌면 사람이 사람을 가장 필요로 하지 않는 계절일지도 모릅니다. 서로의 따뜻한 체온도 때로는 버겁고 몸의 힘듦이 마음을 가볍게 묵살하기도 하는 계절. 그래서 많은 사람들이 여름이면 휴가라는 면목으로 지친 심신을 달래려 가까운 곳으로라도 떠나는 것이 아닐까요.

서귀포에서 작은 카페를 운영하며 틀에 박힌 일상에 익숙해질 때쯤 단골이었던 젊은 여자 손님의 낯선 옷차림을 봤습니다. 잠수복이라 하기엔 두께가 얇아 보였던 그것은 서핑할 때 입는 슈트였습니다.

영화나 유튜브에서 종종 접하던 서핑이 제주에서 가능하다니, 놀라운 마음에 저 역시 기어이 배우고자 마음먹었지요. 제주여야 하는 이유가 또 하나 늘었던 순간이었습니다.

이글거리는 태양만큼이나 활기가 넘치는 탁 트인 바다, 그 위에서 즐기는 레포츠가 바로 서핑입니다. 바다에서 즐길 수 있는 레포츠는 다양하지만 그 중에 일명 파도타기인 서핑은 가장 간단한 장비로 바다를 느낄 수 있는 스포츠일 것입니다. 넓은 판때기와 같은 서프보드 한 장이면 바다에 뛰어들 수 있으니 말입니다.

우리나라에서 서핑은 역사가 짧지만, 서핑의 역사는 선사시대까지 거슬러 올라갑니다. 물론 아직까지 정확한 기원은 밝혀지지 않았으나, 선사시대 타히티 폴리네시아인 조상이 시작하여 하와이에 전달했고 그 후 하와이의 전통 스포츠로 자리 잡았다고 전해집니다. 그래서 지금도 서핑의 발상지라면 하와이를 떠올리게 됩니다.

서핑이 본격적인 스포츠로 알려진 것은 20세기에 들어서입니다. 우리나라에서는 1990년대 들어 제주도 중문과 부산에서 처음 시작하게 되어 1995년 중문해수욕장에서 첫 서핑클럽이 탄생했습니다. 그리고 이제는 한 해 한 해 서핑 인구가 기하급수적으로 늘어 바다가 있고 파도가 있는 곳이라면 어느 곳에서든지 파도를 타는 서퍼를 쉽게 볼 수 있습니다.

서핑 인구가 늘어남에 따라 다양한 대중매체에 등장하고 브랜드가 만들어지며 하나의 문화로 자리 잡게 되었습니다. 서핑문화 역시 시대에 따라 변화했고 그 과정에서 밀물과 썰물처럼 잃은 것도 얻은 것도 있기 마련이지만, 변하지 않는 것은 서핑의 속성이 자연과의 호흡에 있다는 것입니다.

처음 바다에 들어갔던 순간이 생생합니다. 뭍에서 보는 바다와 바다에서 바라보는 바다는 무척 달랐고 그것은 생생한 감각으로 전달되었습니다. 파도를 타는 짧은 순간, 1분이 채 되지 않는 그 순간을 위해 오래오래 엎드려 팔을 저으며 기다려야 했던 시간들이 좋았습니다.

감각은 예민하나 운동신경은 둔감했기에 실력이 쉬 늘지는 않았지만 조급함도 잠시, 수면 위를 통통 뛰어오르는 물고기를 보기만 해도 쉽게 웃음이 지어졌습니다. 잠을 줄여가며 새벽마다 바다로 향했던 그 시절, 어쩌면 서핑은 단순한 스포츠가 아닌 스스로의 열정으로 설득시킨, 찰나의 자유가 아니었을까 생각됩니다.

시작도 끝도 없이 우리를 물들이려 하는 일상의 절망, 열심히 살고 있으나 확신도 인정도 주어지지 않아 제자리인 듯한 불안한 권태, 크고 작은 실패를 감내해야 하는 책임감과 자책감, 이 모든 것으로부터 우리는 결코 자유로울 수 없습니다.

바다는 같은 파도를 보내지 않고 넘어져도 반드시 다른 파도를 보냅니다. 속수무책으로 허우적거리다가도 웃으며 숨을 몰아쉴 수 있었던 이유는, 아마도 그 시절 무엇보다 간절하게 확인하고 싶었던 살아 있음과 괜찮다는 위로, 그 해답을 바다에서 찾았기 때문인 듯합니다. 인간이 가장 무기력해지는 자연이라는 공간과 끝없이 버티고 또 반복해야 하는 삶은 다르지 않았으나, 웃을 수 있었기에 자유로웠습니다.

지금은 비록 바다가 아닌 다른 곳에 열정을 쏟고 있지만, 바다가 지척인 곳에 사는 호사로 산책할 때마다 마주하는 서퍼들의 모습을 보면, 지나간 풍경이 물고기처럼 통통 기억의 수면 위로 튀어 오릅니다.

누구든 한 시절을 버티게 한 열정의 도피처가 있을 것입니다. 몸이 아프면 병원을 찾아 처방전을 받듯이 마음이 지칠 때도 치료는 필요하니까요. 열정과 간절함이 있다면, 나 자신에게 내릴 수 있는 처방전을 쉽게 찾을 수 있을지도 모릅니다.

그래도 봄날

죽은 듯 굳어있는 빈 가지
겨울 가장자리를 뒹구는 검은 잎
빛바랜 달력이 또 몇몇 숫자 토해내어
늦은 장례를 부추기듯
봄은
지워진 이름 돌아와 피어나며 찾아온다

잠시 고개 내민 햇살에 봄이 온 것 같다가도 무정하게 몰아치는 매서운 바람은 여전히 겨울인 듯도 한, 삼월은 그렇게 겨울과 봄의 경계를 헤매곤 합니다.

조급해하지 않아도 봄은 당도하겠지만 서둘러 봄마중을 나갑니다. 아마도 찰나임을 알기에 생기는 조급함, 혹은 격한 환영일 수 있겠지요. 남도 땅 어딘가에는 매화가 곧 봄소식을 알릴 것입니다.

제주는 사계절 내내 필히 어딘가에 꽃이 피어나지만 한라산을 비롯한 중산간은 가장 오래도록 겨울을 붙들고 있습니다. 그곳에서 언 땅을 뚫고 나와 해마다 봄을 알리는 전령사의 소임을 충실히 이행하는 꽃이 있습니다. 이름부터 비장한 복수초입니다.

초록 잎과 노란 꽃이 대비를 이뤄, 작지만 화려하게 피어나는 복수초는 주로 절물자연휴양림에서 비자림까지 군락을 이루고 있다고 알려져 있습니다.

복수초는 그 이름도 원일초元日草, 설연화雪蓮花, 빙리화氷里花, 정빙화頂氷花, 측금잔화側金盞花에서 순우리말 얼음꽃, 얼음새꽃, 눈색이꽃까지 다양합니다.

재미있는 건 복수초의 꽃말이 동양과 서양이 다르다는 것입니다. 동양은 '영원한 행복', 서양은 '슬픈 추억'입니다. 복수초의 학명 'Adonis amurensis'에서 알 수 있듯이 서양에서는 그리스 로

마신화 아프로디테와 페르세포네의 사랑을 동시에 받았던 아름다운 청년 아도니스의 이름에서 따온 것이라고 합니다.

산짐승의 날카로운 이빨에 물려 죽은 아도니스, 그의 붉은 피에서 피어난 꽃이 복수초이고, 그래서 꽃말은 '슬픈 추억'입니다.

동양에는 아이누 족 이야기가 전해지고 있습니다. 아름다운 여신 크론의 아버지가 크론을 용감한 땅의 용사에게 시집보내려고 하지만 크론은 사랑하는 사람이 있었습니다. 그들은 사랑의 도피처를 향해 도주를 감행했지만 이내 아버지에게 붙잡혔고, 화를 참지 못한 아버지는 크론을 꽃으로 만들어버렸다고 합니다. 그 꽃이 복수초이고 그들이 찾아 나선 '영원한 행복'이 꽃말이 된 것입니다.

복수초에 얽힌 이야기는 조금씩 다르게 혹은 변형되며 여러 이야기로 전해져 오는데, 죽은 이가 꽃으로 피어난 부분은 다 닮았습니다.

꽃말은 동서양의 간극이 큽니다. 하지만 죽은 이를 '슬픈 추억'으로 그리워하는 마음과 죽은 이가 '영원한 행복'을 누리길 염원하는 마음은 과거와 미래, 그 방향이 다를 뿐 같은 마음이라 할 수 있지요. 단지 부재하기에 현재가 없을 뿐.

깊은 겨울로 숨어들 듯이 민오름으로 향했습니다. 절물자연휴

양림 맞은편 생태숲길로 들어서면 민오름으로 오르는 산책로를 찾을 수 있습니다. 인적이 드물어 마른 가지 사이로 드나드는 바람소리가 전부였습니다.

앞만 보며 걷다가 조금 지칠 때쯤 시선이 발밑으로 떨어졌습니다. 그곳에는 순백의 잎에 우아한 족두리를 올린 듯 보라색과 노란색 수술로 피어난 변산바람꽃이 있었습니다. 낮은 시선으로 깊이 들여다보지 않으면 쉽게 눈에 띄지 않을 꽃들입니다.

그 소박한 꽃들의 안내를 받으며 걷다 보니 흡사 황금빛 융단이 펼쳐지듯 복수초 군락이 나타났습니다. 한라산 중산간이 품은 비통한 사연을 들은 뒤였습니다. 꽃의 아름다움이 이내 서글퍼집니다.

한라산에 봄은 오지 않았고
단 한 번도 감은 적 없는 땅의 눈
그 눈 위에 지워진 문패를 내걸듯
복수초가 피어납니다.
그리고 섬은 오래전에 사라진 이들을 위해
늦은 장례를 치르겠지요.
슬픈 추억, 그럼에도 영원한 행복 안에 깃들기를 기원하며.

떠나고 싶은, 머물고 싶은

사실상 떠날 수 있는 용기는 대단한 것이 아니었습니다. 떠난다는 것에 '용기'라는 두 글자를 끼워 넣는 것은 돌아왔을 때 마주할 변화, 그 두려움에 있을 것입니다.

처음 제주로 향하는 배에 올라탔을 때, 심장 끝을 쓸쓸하게 스쳤던 바람은 돌아갈 곳이 없다는 부재 때문이었습니다. 가족과 지인들은 걱정이 앞섰었지요. 무엇을 할 거냐고, 어디에서 살 것이며, 집은 구했느냐고. 우려 속에 대책도 없이 자동차 한 대에 간단한 짐을 실어 섬으로 향했습니다.

떠날 수 없었던 지난한 일상의 반복, 24시간 깨어있는 도시, 수많은 사람들이 스쳐지나가지만 정작 잠시 기댈 어깨가 없는 군중 속의 외로움, 모호한 일과 쉼의 경계에서 오는 피로감, 그 모든 것들이 낯선 곳으로 향하는 발걸음에서 두려움을 걷어낸 것 같습니다.

아는 이 없는 낯선 제주에서 때로는 이방인으로, 또는 제주이
민자로 그리고 도민으로 살아오며 참 많은 일들이 있었습니다.
땅을 사고 집을 지을 만큼 가진 것도 없었기에 옮겨 다닌 집만도
아홉입니다. 물론 서울에서의 삶과 비교하면 생활도 넉넉하지 않
았습니다.

그럼에도 불구하고 머물고 싶은 마음이 더 간절했던 이유는
단연 제주의 아름다운 자연 때문이었습니다. 조금만 달려가도 한
숨 크게 쉴 수 있는 바다와 느리게 걷는 올레길, 심장 소리를 들
을 수 있는 수많은 오름과 매일이 다른 하늘과 일몰, 일 년 내내
피고 지는 꽃들. 그 모든 것들이 제주이기에, 제주여야 하는 스
스로의 명분이 되었습니다.

아름다움은 언제든 들통이 나기 마련이지요. 어느 날부터 이
주 열풍이 불기 시작했습니다. 수년간 1년에 만 명이 넘는 사람
들이 이주를 결심하고 제주로 향했습니다. 그러나 많이 오는 만
큼 많이 떠나기도 했습니다. 집값은 폭등했고 대책 없는 개발에
아름다운 섬은 오래 몸살을 앓았습니다.

여유로운 삶을 꿈꾸며 온 사람들 중 일부는 마땅한 일자리가
없어 오히려 생활고를 겪어야 했고 일자리가 다양하지 않아 많
은 이들이 자영업에 도전했으나, 그도 녹록치 않았습니다. 그러
다보니 어느 순간 입도민보다 떠나는 사람들이 더 많아지기 시

작했습니다.

수많은 언론매체는 이제 제주 이주 열풍은 사실상 막을 내렸다고도 했습니다. 누군가에게는 떠나고 싶은 섬이 되어버린 제주, 이주 열풍의 소용돌이 속에서 몸살 앓는 제주를 바라보면 안타까운 마음이 앞서곤 했습니다.

지금의 제주는 참 많이 변하기도 했습니다. 불과 십년 남짓 시간이 흘렀을 뿐인데 말입니다. 며칠이고 내처 숨죽이듯 머물고 싶었던 섬 속의 섬 우도에는 온갖 탈것들이 좁은 이차선 도로를 가득 채웠고, 박수기정을 바라보며 고즈넉이 휴식을 취할 수 있었던 작은 포구마을 대평은 펜션과 맛집, 카페가 줄줄이 들어서며 그때의 한적함을 잃었습니다.

마치 영화 〈바그다드 카페〉가 눈앞에 그려지듯 옥빛 바다와 작은 바람에도 춤추며 휘날리는 고운 모래, 테이블도 없이 모카포트로 느린 커피를 내려주는 두 평짜리 카페 하나가 전부였던 작은 해변 마을 월정리. 누군가는 기억하고 있는, 그러나 이제는 사라져 상상조차 할 수 없는 월정리 해변의 풍경이 지금도 눈에 선합니다.

우리 삶에서 고향이라는 말은 점점 그 색이 옅어지고 있습니다. 그리고 제주는 섬이라는 특성으로 이주라는 말이 무척 친근한 곳이기도 합니다. 단순히 살고 싶다는 이주 목적도 이제는 문화, 역사, 생태 등으로 다양해졌습니다.

아픈 과정을 거치고 있으나 그것이 제주만의 풍경과 문화를 만드는 밑거름이 되기를, 제주를 사랑하는 사람들의 끈기가 끝내 섬의 생명을 붙들어 주기를 바랄 뿐입니다.

밀물과 썰물처럼 섬을 오가는 사람들, 그들이 품은 섬의 사연들이 못내 궁금한 늦은 오후입니다.

몸을 떠난 넋들의 위로

친한 동생이 아이의 감기가 유독 오래간다며 서귀포에 '넋들임'을 하러 간다고 했습니다. 그때 저는 넋들임이라는 말을 처음 들었습니다. 동생은 아이가 입던 옷가지 하나를 챙겨 병원이 아닌 서귀포 어딘가로 향했습니다.

넋들임은 제주도에서 혼의 일부가 몸을 벗어나며 생긴 병을 치료하기 위한, 일종의 가정신앙이라고 할 수 있습니다. 인간이 육체와 영혼의 결합으로 이뤄져 있다는 것은 익숙한 얘기입니다. 그러나 육체에서 잠깐 혼의 일부가 빠져나가면 질병이 된다는 믿음, 그리고 그 넋을 불러오기 위한 의식이 있다는 것이 신비로웠습니다.

우리말에 '넋이 나갔다', '혼이 빠졌다'라는 말이 있으니 그 믿음이 영 근거가 없지는 않은 듯도 했습니다. 넋이 나가는 계기는 예기치 않은 사고를 당하거나 기함하는 광경을 봤을 때, 혹은 넘어지고 물에 빠지는 위험한 상황을 겪었을 때 등, 다양하고 일면 일상적입니다.

특히 15세가 되지 않은 어린아이는 영혼과 육체가 온전히 고정되어있지 않아서 조금만 놀라도 넋이 나간다고 믿기도 합니다. 동생의 마음이 이해되기도 했습니다. 생소하고 신기한 제주의 문화는 그 뿐만이 아니지요. 관혼상제는 물론 일상 깊숙이 배어 있는 풍습들도 내륙과 다른 것들이 많습니다.

제주도 넋들임과 닮은 문화를 오키나와 소설에서 만났습니다. 마타요시 에이키의 소설 「돼지의 보복」은 '달빛 해변'이라는 스낵바에 돼지가 난입하는 바람에 넋을 떨어뜨린 와까꼬의 넋을 들이기 위해 신의 섬이라 불리는 마지야 섬으로 향하면서 이야기가 전개됩니다.

그렇게 마지야 섬으로 향하게 된 스낵바 식구들과 그 섬에 풍장이 된 채 남아있는 아버지의 유골을 문중 묘소에 옮기고자 안내를 자처한 대학생 쇼오끼지.

그 섬에서 그들은 예기치 않은 사건들을 겪게 됩니다. 민박집 여주인이 창밖의 달을 보다 떨어지고, 여주인 남편이 장례식에서 가져 온 돼지고기를 먹고 설사를 하는 등, 연이어 일어난 변수 때문에 그들의 계획은 자꾸 미뤄집니다. 그리고 그 과정에서 그들은 각자 구원과 치유의 방법을 모색하게 됩니다.

일본어로 '報い'은 보복이나 보답의 뜻을 가지고 있습니다. 이 극명한 보복과 보답의 간극이 저에게는 결과보답를 이끌어내는 계기보복로 다가오기도 했습니다. 그리고 넋을 들이기 위해, 또 각자의 참회를 위해 꼭 가고자 했던 마지야 섬의 우따끼조상신을 모시는 영적인 장소는 그곳에만 있는 장소가 아닌 개개인의 새로운 우따끼로 변모합니다.

이는 오키나와 전통에 현대적 해석을 접목하여 그 의미를 강조한 것이라 할 수 있겠지요. 그들의 참회는 고백에 가깝고 치유는 결국 각자의 내면에서 찾을 수밖에 없지만, 그 깨달음의 원동력은 '오키나와다운 것'에 있습니다.

제주도와 오키나와는 모질고 참혹한 역사, 그로 인한 긴 고통의 시간과 현재 당면한 문제까지 참 많이 닮았습니다. 오키나와 소설가 메도루마 슌은 그의 저서 『오키나와의 눈물』에서 '오키나와 잔혹사는 식민지 조선과 제주도의 프리즘이다'라고 말한 바 있습니다.

애초에 독립국이었던 제주도와 오키나와. 그 아름다운 섬들이 침략과 학살로 비극의 섬이 되고, 또한 살아가기 위해 견뎌야 했던 모진 시간의 고문은 이처럼 닮은 풍습으로 피어나기도 하는 것이겠지요. 그래서 넋들임은 주술적 의례이면서 정신적인 치유라는 두 가지의 의미를 품고 있습니다.

평화공원에는 여전히 침묵의 자리가 있습니다. 전시실 입구에 있는 '백비'는 침묵의 자리를 채우기 위한 기억 투쟁을 상징합니다. 그리고 그것은 아직 끝나지 않았음을 반증하는 것이기도 합니다.

제주도에는 사회적인 제의의 의미를 지니고 있는 기념의례만 20개에 달합니다. 134곳에 이르는 '잃어버린 마을'과 참혹하게 혼을 잃은 수많은 사람들을 위해 해마다 섬 곳곳에서 위령굿이 올려지고 있습니다.

죽은 자의 혼을 위로하고 산자의 혼을 지키는 제주의 풍습이 혹독한 섬의 역사를 반추하는 것 같아 마음 끝이 시립니다. 길고 긴 섬의 사연을 듣기에는 우리의 생이 너무 짧은 것 같습니다.

보이는 것과 들리는 것의 이면

제주시와 서귀포를 잇는 길은 크게 세 개로 나뉩니다. 제주의 고속도로라고 할 수 있는 평화로와, 한라산을 관통하는 1100도로, 그리고 516도로입니다.

평화로는 제주공항과 중문관광단지를 잇는 제주 유일의 고속화 도로이고, 1100도로와 516도로는 한라산을 관통하는 만큼 우리나라에서 가장 높은 곳에 있는 도로로 손꼽힙니다.

제주에서의 삶이 익숙해지면. 제주시와 서귀포시를 오가는 것이 쉽지 않습니다. 관광객은 하루에도 두어 번씩 오가는 거리이지만, 섬이 삶의 공간으로 정착되면 섬의 반대편이 까마득 멀게 느껴지기도 합니다.

모든 이름이 그러하듯 당연하게 부르는 도로명의 내력이 궁금했던 것은 십여 년 전, 516도로를 지나가면서였습니다. 평화로는 개통 당시 서부산업도로였으나 관광도시로 거듭나며 서부관광도 로로 바뀌었고, 2006년 국제자유도시 건설, 세계평화의 섬 등의 이유로 지금의 평화로가 된 것이라고 어렴풋이 알고 있었습니다.

1100도로는 지방도와 숫자는 다르지만, 1100고지를 지나가기 에 그 내력을 쉽게 연상할 수 있습니다. 그런데 516도로는 그 내 력을 알 수 없었습니다. 2009년 드라마 〈태양을 삼켜라〉가 떠올 랐습니다. 제가 입도한 해에 방영되었던 드라마입니다. 물론 드 라마는 젊은 남녀의 야망과 사랑을 그린 허구의 이야기지만, 그 배경에 등장하는 서귀포와 질긴 인연이 시작되는 '국토건설단' 이 야기가 '삼청교육대'를 연상시켰습니다.

516도로의 공식적인 기록은 찾아볼 수 없었습니다. 알고 있 는 것이라고는, 산림에 필요한 물품을 운반하던 간이도로를 한 국전쟁 이후 다시 정비하게 되었는데. 1961년 쿠데타로 집권한 박정희 정권이 새로 공사를 시작하게 되었다는 것, 그래서 1969 년 5·16 군사정변을 기념하며 516도로라는 이름으로 개통식을 했다는 것입니다. 실제로 초입에 있는 516도로 기념비는 그러한 사실을 입증하고 있습니다.

박정희 정권이 추진한 경제 발전 정책이 얼마나 많은 희생자 를 낳았는지는 익히 알고 있는 사실입니다. 1960년대 제주도의 상황을 되짚어 보면, 터무니없는 장비로 깊고 험한 한라산에서 진행되었던 공사가 무모할 수밖에 없었음은 짐작하고도 남습니다. 문제는 개발에 동원된 인력이 선택이 아닌 강제였다는 것에 있겠지요.

516도로가 개통되며 몇 시간이나 걸리던 길을 한 시간 내외로 단축시키게 되었으니 제주도 경제 발전에 긍정적인 영향을 미친 것은 사실입니다. 그러나 그 때 한라산에서 땅을 파고 돌을 나르던 수많은 사람들의 사연은 어디에서도 들려오지 않으니, 마음이 절로 무거워집니다.

서귀포로 넘어갈 일이 있을 때, 시간이 주어진다면 516도로를 지나갑니다. 구불구불 이어져 빠르게 갈 수도 없고 추월할 수도 없는 2차선 도로는 대신 한라산의 풍경을 선물합니다. 516도로 중간에 있는 '숲 터널'은 계절마다 다른 빛으로 마음을 홀립니다.

그러다가 불쑥 섬도 생명을 가진 대부분이 그러하듯이 무엇인가를 바라볼 수 있는 눈이 있다면 무엇을 바라보고 어느 곳에 머무를까 궁금해집니다. 보이는 것과 들리는 것, 그 이면에는 오랜 시간 견디며 바라보는 섬의 시선이 있을지도 모릅니다. 잠시 머물다 가는 인간은 그저 관찰자에 불과하므로 어긋나기를 반복할 수밖에 없을지 모릅니다.

바람 많은 섬, 말없이 떠도는 모든 소리들이 섬의 이야기를 속삭이며 들려주는 것 같습니다. 제가 이 섬을 선택해 왔지만, 섬의 속내는 암호처럼 굳고 깊습니다.

보이지 않고 들리지 않는 섬의 이야기를 상상합니다. 시간은 재현될 수 없음으로 이야기를 통해 전해지곤 합니다. 그러나 전해진 이야기 속에는 말하여질 수 없는 잉여의 조각들이 존재하기 마련입니다. 그럼에도 끈질기게 오감을 열고 배회할 일입니다.

어쩌면 배회하는 긴 여정 속에 섬이 꿈꾸는 희망이 있을지도 모르겠습니다. 한라산 중산간, 드문드문 피어나는 단풍이 그리운 가을입니다.

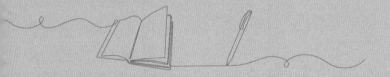

조
금
,
쓸
쓸
한
기
록   당신은 어느 긴 길 위에 있습니까

느닷없이, 혹은 예정되었던 그날들의 기록

2020년 봄, 인간이 숨어든 지구별의 민낯

벚꽃은 피고 지고 곳곳에 유채꽃이 만발했건만 여전히 바람 끝은 차가운 4월이 계속되고 있습니다. 이 모든 것이 바이러스로 인해 일상이 변해버린 시국 탓인 것만 같아 더 쓸쓸한 봄입니다. 전국적으로 서늘한 4월, 그 원인이 지구온난화라고 합니다.

코로나19가 일상에 침투한지 벌써 여러 달이 지나가고 있습니다. 평범했던 일상은 점점 추억이 되어가고, 자유로웠던 두 다리는 꽁꽁 묶여 한 사람 한 사람이 모두 섬이 된 듯 서글픈 봄날입니다. 그런데 인간의 발걸음이 멈추니 숨겨졌던 지구의 민낯이 비로소 보이고 있습니다.

도로를 가득 메우던 자동차와 분주하게 하늘을 오가던 항공기가 멈추고 전 세계의 산업 활동이 중단되면서 대기오염은 크게 개선되고 있다고 합니다. 인도에서는 30년 만에 눈 덮인 히말라야 산맥을 육안으로 볼 수 있게 되었고 베네치아도 맑은 물빛을 되찾았습니다. 중국 경제가 멈추며 한국의 대기질도 좋아져 해마다 기승을 부리던 미세먼지 농도가 완화되었습니다. 미국 또한 이산화질소 농도가 전년대비 30% 줄어들었으며 프랑스, 스페인, 이탈리아 등의 유럽도 이산화질소 농도가 급격하게 감소했습니다. 그야말로 코로나19가 가져온 역설적인 현상이지요.

중국 우한에서 시작한 코로나19가 글로벌 팬데믹으로 확산되며 전 세계가 이동을 제한하고 도시를 봉쇄하고 강력한 거리두기를 시행한 결과, 아이러니하게도 깨끗한 대기질을 갖게 된 것입니다.

어쩌면 계속되는 신종 바이러스의 출현은 인류가 자초한 일이지 않을까 생각됩니다. 인간 편의에 의한 무분별한 개발은 환경을 파괴하고, 서식지를 잃어 갈 곳 없는 수많은 야생동물은 인간 세상에 스며들어 변이되거나 멸종하고 있습니다.

인간의 욕망은 오랜 시간동안 자연에 순응하는 대신 자연을 바꾸는데 힘을 쏟았습니다. 그로 인해 지구는 지구온난화에서 비롯된 이상기후와 자연재해와 같은 방식으로 끊임없이 경고를 해왔었지요.

바이러스의 출몰은 병든 지구가 여전히 멀쩡한 인간들에게 몸

부림치며 던지는 아픈 메시지일지도 모른다는 생각이 듭니다. 인간이 아픈 동안 지구가 회복되고 있으니까 말입니다. 이동을 최소화하고 각자의 자리에서 협력함으로써 예기치 않게 모두가 환경운동에 동참하고 있는 셈입니다.

원하든 원하지 않든 코로나19 이전과 이후, 우리의 삶은 달라질 수밖에 없다고 다들 이야기 합니다. 사회적 거리두기가 완화되더라도 사람과 사람 사이의 거리는 쉽게 회복되지 않을 것입니다. 삶에 직접적인 영향을 주는 일자리와 소비문화의 형태 또한 변하고 있습니다. 인간이 중점을 두어야 하는 가치 또한 변하게 되겠지요.

시간은 지나가며 어떠한 방식으로든 발자국을 남깁니다. 아픔 뒤에는 절망 혹은 극복의 발자취가, 실수 뒤에는 반복 혹은 교훈의 발자취가 남기 마련이지요. 찬란한 봄날에 느껴지는 시린 바람처럼 지금의 일상이 때때로 비현실적으로 다가옵니다. 그럼에도 꿋꿋하게 이겨내고 있는 모두가 끝끝내 피워내는 꽃처럼 아름다운 오늘입니다.

아픔이 그저 아픔으로 지나가지 않도록 가려졌던 맑은 민낯을 보여주는 지구에 작은 희망을 걸어도 되겠는지요.

2020년 여름, 우리에게 여행이란

매일 SNS에서 과거의 오늘을 알려줍니다. 2019년 여름, 저는 몽골의 길 위에 있었습니다. 두 번째 몽골 여행이었습니다. 길을 달리며 끝도 없이 펼쳐진 에델바이스와 엉겅퀴 꽃을 바라보고 밤이면 흐르는 은하수 아래 술잔을 기울이곤 했습니다. 미처 몰랐었지요. 일 년 뒤의 세상을 짐작조차 하지 못했습니다.

여행의 의미와 이유는 각기 다르겠지만 바쁜 일상을 살아가고 있는 현대인에게 일 년에 한두 번 떠나는 여행은 쉼이자 치유이고 충전의 역할을 해왔습니다.

저에게도 여행은 그저 떠나는 것이 아니라 낯선 곳에서 낯익은 것들을 그리고, 떠나온 곳에 대한 호기심으로 세상을 새롭게 바라보는 계기가 되어 주곤 합니다. 그래서 돌아갈 곳에서의 힘을 낯선 땅의 흙에서부터 얻는 것이었지요.

세계는 거대한 책과 같았고 아직 펼쳐보지 못한 책들에 대한 갈망은 아이러니하게도 일상의 활력이 되기도 했습니다. 그런데 떠나지 못한 날들이 쌓여가고, 떠나지 못할 것 같은 날들이 그려집니다.

'떠나고 싶다'라는 말을 입 밖으로 던지기에도 조심스런 날들이 이어지고 있습니다. 평범했던 일상의 모습도 바뀌었습니다.

코로나19는 모든 이들에게 지울 수 없는 생채기를 남기고 있습니다. 공동의 삶은 개개인으로 흩어졌고 함께했던 모든 것들은 비대면으로 대체되었습니다.

모든 행동반경이 '집 안에서'로 바뀌었고 문화예술도 온라인으로 파고들었습니다. 그동안 우리는 참 자유롭게 집 밖을 오가고 하늘 길을 오갔구나 새삼 깨닫게 되는 날들입니다.

그런데 우리는 어쩌면 더 간절하게 떠나고 싶습니다. 여행에 대한 갈망은 일상적인 것의 소중함을 알게 되며 더욱 증폭되었지요. 그러면서 예전에 해외여행에 가려져 주목받지 못했던 국내 여행지들이 각광받기 시작했습니다. 익숙하다 하여 당연히 여겼던 풍경을 고개를 들어 천천히 바라보니 새로운 모습으로 보이는 것이지요.

제주도 역시 다시 주목을 받게 되었습니다. 청정 자연과 이국적인 정취를 느낄 수 있는 제주도가 다시 여행의 메카로 떠오르게 된 것입니다. 그런데 정작 제주도는 웃을 수도, 울 수도 없습니다. 위기를 기회로 삼기에는 위험 요소가 산재해 있기에 우려와 기대가 공존할 수밖에 없기 때문입니다.

코로나시대가 끝나지 않는 한 이 불안감을 떨쳐낼 수 없을 겁니다. 닫힌 시간은 더욱 절박하게 비상구를 찾습니다. 그러나 지금 우리에게 여행의 의미와 방식은 예전과는 달라져야 하겠지요.

여행은 결국 지난 발자국을 바탕으로 지금의 나를 만들어가는 여정이며, 평범한 삶에 대한 소중함을 깨닫는 과정일 것입니다. 부디, 우리 모두가 코로나시대를 무사히 건너갈 수 있기를 염원하는 여름입니다.

2022년 봄, 일상의 변곡점

2019년 12월, 코로나19가 보고되었습니다. 눈에 보이지도 않는 바이러스가 지구를 장악하는 데는 그리 오래 걸리지 않았습니다. 우리가 살았던 이전의 시간은 그렇게 빠르게 회귀하듯, 혹은 빠르게 감아지듯 흘러갔습니다. 모든 길은 건조하게 말라갔습니다. 잠시 주춤거리면 될 줄 알았던 시간은 절기를 지나고 해를 넘기며 지속되었습니다. 그렇게 2년이 훌쩍 지났고 우리는 New Normal이 되었습니다.

이전의 일상으로 돌아갈 수 있을까, 하는 물음은 종식의 기미가 보이지 않는 긴 시간의 터널을 지나며 점차 체념으로 바뀌었습니다. 우리가 알던 세계화는 아득해졌고 개인의 생활방식은 변화하며 이른바 각자도생의 시대로 자연스럽게 흘러갔습니다.

그러는 사이 자연과 인간, 남성과 여성, 부유층과 빈민층의 경계는 뚜렷해졌습니다. 나라 안팎은 혼란스럽고 세계질서는 전쟁으로 뿌리가 흔들리고 있습니다. 그러나 어떠한 추세도 영원히 지속되지도 않으며 또한 원점으로 돌아갈 수 없습니다. 더 악화될 수도, 더 나은 방향으로 흘러갈 수도 있겠지요. 그것은 지금을 살아가는 사람들에게 달려있기 때문입니다.

어쩌면 코로나 시대를 건너며 마주한 모든 경계의 민낯은 우리가 애써 외면했던 참혹한 진실이었는지 모르겠습니다. '이제 돌아갈 수 있을까' 이 물음은 '어떻게 살아가야 할까'의 절박함으로 다가옵니다.

2020년 3월부터 시행된 거리두기가 2022년 4월 18일, 2년 1개월 만에 해제되었습니다. 꿋꿋하게 버텨온 일상이 드디어 변곡점 위에 있는 듯합니다. 여전히 예측할 수 없는 변수에 불안한 '해제'이지만, 긴긴 격리에 지친 마음은 조심스레 참았던 숨을 내쉽니다.

그리고 지난 시간들이 빠르게 스쳐갑니다. 마음 편히 마주하지 못했던 시간 속에서 안부의 끝자락은 이전 일상에 대한 그리움이지만 현편, 스스로를 돌아보는 시간이기도 했습니다.

일상의 변곡점 위에서 찍혀진 발자국을 돌아보고 걸어갈 방향을 가늠해 보는 시간, 남겨진 것과 잃어버린 것을 헤아려보는 시간이 필요할 것 같습니다. 우리가 끝내 살아야 하는 시대라면,

그래서 꿋꿋하게 버텨낸 시간이었다면 이제 당면한 숙제를 하나씩 풀어가야 하겠지요.

모두가 섬이 되었던 시간 속에서 우리가 발견한 것이 '괜찮은 나'였기를, 더 격렬하게 서로를 보듬어줄 수 있는 동력이 되었기를, 그래서 무수히 많은 '괜찮은 우리'들이 이후의 시대, 모든 음지를 비추는 햇살이 되기를……. 우리는 오래 멈춰 있기도 했으나 '함께'의 소중함 또한 아프게 깨달았으니 말입니다.

2022년 여름, 자율과 책임 사이

2년 1개월 동안 지속되었던 사회적 거리두기가 해제된 지 불과 석 달 만에 확진자 수는 해제 이전 수준으로 올라섰습니다. '국민들의 희생과 강요가 아닌 자율과 책임을 중시하며, 중증 관리 위주로 생명과 건강을 살피는데 만전을 기해야 한다.'는 윤 대통령의 코로나19 대응 기본 철학은 다름 아닌 '과학 방역'입니다.

'남의 지배나 구속을 받지 아니하고 자기 스스로의 원칙에 따라 어떤 일을 하는 것'이란 사전적 의미의 '자율'은 그 방향성이 무척이나 모호합니다. 그 모호함은 '과학 방역' 역시 마찬가지로 다가옵니다. 감염되지 않도록 스스로 예방에 나서는 것을 '자율 방역'이라 지칭한다면, 과연 '각자도생'과 무엇이 다른지 의문이 드는 것도 사실입니다.

사회적 거리두기가 해제되면서 멈춰있던 일상이 활력을 되찾는 듯 했습니다. 미루었던 모임과 행사가 재개되었고 숨을 고르던 하늘 길도 열리며 여행을 떠나는 이들도 늘어났습니다. 소중한 인연들과 함께 밥을 먹고 이야기를 나누는 것, 그 소소한 행복의 가치를 모두가 간절하게 배웠던 시간이었기에 평범한 일상의 소중함은 배가되었지요.

최소한의 자유가 보장되는 일상이 가능하리란 기대로 '위드 코로나 시대'에 대한 전망은 한동안 희망적이기도 했습니다. 그러나 바이러스는 여전히 가까운 곳에서 맴돌고 있습니다.

유독 뜨거웠던 올해 여름, 따끔거리는 목의 통증을 그저 냉방병이라 짐작했습니다. 건강검진을 앞두고 혹시나 하는 마음에 항원검사를 했는데 양성판정이 나왔습니다. 저의 감염 여부보다 앞서 만났던 인연들에 대한 염려가 무겁게 마음을 짓눌렀습니다.

몸도 아프고 마음은 더욱 아팠던 격리기간동안 티비에서는 연일 현실화되는 있는 코로나 재유행에 대한 뉴스가 보도되었습니다. '과학 방역'을 기본 철학으로 내세운 정부는 이제 역학조사도, 격리 이후 별도의 음성 확인도 하지 않습니다.

대면진료가 가능하다고 하지만, 확진 이후 40도를 오가는 고열에 앓고 있는 아이를 안고 응급실로 달려간 지인은 두 시간이 넘는 시간동안 밖에서 대기해야 했습니다. '응급 시에는 자체 입원도 가능하게 하는 등 이송과 입원이 신속하게 이뤄지도록 하겠다.'는 중대본의 발표는 피부에 와 닿지 않았습니다.

거리두기는 경제와 직결되어 있기에 정부는 자율 방역에 힘을 실으며 4차 백신 접종을 권고하지만 문제는, 백신 효용성에 대한 의구심과 언제 어디에서 감염될지 모르는 불확실성, 그리고 증상도 완치도 개인에 따라 복불복으로 발현된다는 것에 있습니다. 마치 그 모든 것들이 '자율'과 '책임'이라는 아득한 거리 사이에 고립되어 있는 듯합니다.

뜨거운 여름 한복판, 우리에게는 또 무거운 숙제가 주어졌습니다. 2023년의 봄이 유독 아득하게 느껴집니다.

잔인한 사월

고등학교 교과서에서 배웠던 엘리엇의 시 「황무지」가 오롯이 마음에 스며들었던 적은 없었습니다. 허나 제주에 정착하면서, 그리고 2014년 봄을 보내면서 매년 4월이면 입속에 이 시가 맴돕니다.

시는 1차 세계대전 이후 황폐하고 무기력한 상황 속에서 새싹이 올라오고 꽃이 피어나는 4월을 역설적으로 표현한 것이라고 합니다. 그래서 4월의 아름다움이나 고상한 언어들은 존재하지 않습니다. 전쟁으로 폐허가 된 곳에서, 온 몸이 절망의 늪에 잠겨있는 사람들에게 혹독한 겨울을 이겨내고 꿋꿋하게 피워 올린 꽃들은 희망이라고 하기엔 참으로 잔인했겠지요.

2014년 봄도 그랬습니다. 곱고 파릇한 여린 잎을 봐도, 눈부신 햇살을 봐도, 환하게 피어난 꽃을 봐도 전혀 희망적이지 않았습니다. 아직 인생의 꽃 한번 피워보지 못한 어린 친구들과 수많

은 사람들이 차디찬 바다에 수몰되었습니다. 천재지변도 자연재
해도 아니었습니다. 사람의 잘못이었습니다.

안타까움과 분노, 좌절감과 무기력함으로 뒤범벅된 그해 4월
은 그렇게 흘러가고 있었습니다. 모든 국민이 기적을 기다리며
가슴에 노란 리본을 품었으나 기적은 일어나지 않았고, 바다는
아는지 모르는지 거친 파도로 비통한 사람들의 가슴을 아프게 밀
어냈습니다.

그해 대한민국은 한편의 영화와 낯선 이방인의 방문으로 들썩
이기도 했습니다. 바로 영화 〈명량〉과 프란치스코 교황의 방한
이었지요. 역사 속 이순신 장군이라는 인물과. 낮은 곳으로 눈을
돌리고 소외받는 사람들과 소통하려 노력하며 가장 인간적인 교
리를 실천하고 있는 프란체스코 교황이 그 시대 우리의 가슴으로
파고들어 작은 파장을 일으켰습니다.

이순신 장군은 어린 시절 위인전을 시작으로 많은 드라마와
영화의 소재로 재탄생되어 남녀노소 모두가 모르는 사람이 없는
훌륭한 위인이지요. 알만큼 알고 있기에 한편으로는 진부하기도
한 인물입니다.

그런데 우리는 다시 열광했습니다. 그것은 영화의 작품성과
완성도를 떠나 그 시대 우리가 안고 있었던 결핍 때문이었을 것
입니다. 세월호 참사는 파고들면 파고들수록 의문에 의문이 더해

지고 과정 곳곳에는 온갖 부패와 비리가 난무했습니다.

더구나 4대강 건설로 인한 후유증으로 곳곳에서는 물려줘야 할 소중한 자연이 죽어가고 있었습니다. 도심 한복판은 푹푹 가라앉아 구멍이 뚫려 있는데 그 누구도 확실한 원인을 알 수 없었습니다. 무엇 때문인지 누구 때문인지 그 누구도 알려주지 않았고 그러는 사이 혈세는 예기치 않은 곳으로 흘러가 국민들의 결핍은 더욱 깊어갔습니다.

프란체스코 교황은 세월호 참사를 이탈리아의 람페두사와 연관 지었습니다. 사람들은 이탈리아 초호화 여객선 콩코르디아호와 비교했었지요. 이 두 척의 배 선장들이 승객들을 외면하고 홀로 탈출했기 때문입니다.

그러나 프란체스코 교황은 이탈리아에서 침몰한 다른 배와 비교했습니다. 모든 문제의 핵심은 도망친 선장이 아닌 배를 침몰로 내몰았던 시대 상황에 있다는 것입니다.

프란체스코 교황이 집전하는 시복미사가 열린 광화문에는 백만 명의 인파가 몰렸습니다. 교황은 한국 방한 내내 세월호 유가족을 비롯하여 위안부 피해자, 꽃동네를 찾아가는 등 약한 자와 마음이 지친 자를 찾아 위로를 건넸습니다. 그러한 행보에 우리는 감동하고 눈시울을 적셨습니다. 그곳에 또 우리의 결핍이 있었지요.

그 해 우리는 간절하게 희망을 찾고 싶었는지 모르겠습니다. 그 희망은 '장수된 자의 의리는 충을 따르는 것이고, 그 충은 임금이 아니라 백성을 향해야 한다'라고 하는 강력한 리더십의 인물과, 약한 자의 마음에서 함께 아파하고 위로를 건네는 진정성에 있었을 것입니다. 다만 그러한 희망의 실마리를 지난 역사 속 인물과 로마 교황이 아닌, 우리 스스로 찾을 수는 없는지 못내 처연하기도 했습니다.

그리고 계절이 돌고 돌아 영화 〈지슬〉로 4·3의 영혼을 위로하던 오멸 영화감독은 세월호 희생자를 위한 진혼곡과 같은 영화 〈눈꺼풀〉을 만들어 개봉했고, 철저한 분석과 과학적 근거로 세월호 침몰의 원인을 파헤치는 다큐멘터리 영화 〈그날, 바다〉도 세상에 나왔습니다.

그러나 그때 절실히 전하고자 했던 '끝나지 않았음'이 현재인 지금 과연 끝났다고 할 수 있는지, 이 물음에는 그 누구도 답하지 못할 것입니다.

해마다 4월이면 다양한 전시와 공연들, 작품들까지 예술인들은 저마다의 방식으로 죽은 자를 위로하고 산자는 잊지 않아야 한다고 외칩니다. 지천을 아름답게 물들인 꽃의 향기가 무색하게 향냄새가 더 멀리 퍼지는 아픈 달, 4월은 4·3, 4·19, 4·16까지 '잔인한 사월'이라는 시가 기어코 떠올려지는 달입니다.

시간은 어김없이 흘러, 봄은 가고 여름이 오고 계절은 돌고 돌겠지요. 그리고 살아있는 모든 사람은 늘 그렇듯이 하루하루 일상을 계속 견뎌야 할 것이고 그렇게 흘러가는 시간 따라 아픈 기억은 조금씩 잊히기도 할 것입니다.

그럼에도 우리가 할 수 있는 방식은 잊지 않고 기억하는 것, 그 기억들 조각보처럼 모아 공유하고 또 다른 기억의 방식으로 표현하는 것일 겁니다.

기억합니다. 매년 꽃피는 4월이면 붉게 피어나는 꽃 따라 가슴에 맺힌 피멍도 함께 피어나는 수많은 사람들이 있음을.

그리고 염원합니다. 우리의 가슴에 동백꽃과 노란 리본이 확고하게 피어있기를.

진정한 애도의 의미

축제를 즐기려고 집을 나선 수많은 젊은이들이 서울의 도심 한복판에서 허망하게 무너졌던, 2022년 10월 29일 그날의 공포와 절망을 기억합니다. SNS를 통해 여과 없이 바라본 그날은 음악과 비명, 절규와 이기적인 인간의 민낯이 혼재되어 마치 이 시대 지옥의 단면 같았습니다.

그런데 믿을 수 없는 비극의 허망함도 잠시, 그 사이를 비집고 들어오는 날카로운 혐오성의 말들이 마음을 더욱 아프게 찔렀습니다. 성숙한 운명 공동체라는 말이 무색했고 혐오와 차별 없는 세상은 여전히 도래하지 않았음을 무력하게 확인해야만 했습니다.

긴 코로나 시대가 우리에게 남긴 것이 함께함의 가치보다 각자도생의 냉혹함이었나 하는 회의감도 들었습니다. 대통령은 사건 발생 하루 뒤인 30일부터 11월 5일 밤 24시까지 국가애도기간으로 정하고 국정 최우선 순위를 사고 수습과 후속 조치에 두 겠다고 밝혔습니다. 그런데 슬픔만을 강요하는 애도의 방식이 석연치 않았습니다.

일일이 열거하지 않더라도 지난 역사 속에서 여러 번 소를 잃고 외양간을 고치는 비극을 뼈아프게 경험했지요. 그리고 그 속에 온전히 해명되지 않은 '왜'라는 물음이 있습니다. 우선 진정한 애도의 의미를 되돌아 볼 필요가 있습니다.

애도는 죽음이라는 대상의 상실에서 비롯됩니다. 그리고 그것은 대상의 삶과 사연, 죽음의 사건과 그 원인을 추적하며 기억하고자 하는 의지의 행위가 됩니다. 더구나 죽음의 사건이 사회, 정치적 시스템과 연결된다면, 그것은 우리의 삶과 긴밀하게 연결된다는 점에서 애도 의지는 사건 자체보다 삶의 사건으로 전이됩니다. 그리고 그곳에는 공동체의 윤리와 맞닿아 있습니다.

진정한 애도의 의미는 함께 죽음을 슬퍼하는 감정적 상태에 국한된 것이 아닐 것입니다. 진정한 애도란, 사건의 규명과 평가에서 시작되어야 하고, 그에 따라 사회적 의미 부여의 과정을 거쳐 진정한 위로와 수용에 이르는 모든 행위를 의미합니다.

그러한 과정을 생략하고 진실을 외면한 채 단지 지금의 슬픔에서 벗어나길 바라는 위로는 정확히는, 애도의 배반이라 할 수 있을 것입니다. 또한 가늠할 수 없는 고통을 겪고 있는 피해자들에게 경험하지 못한 이들이 건네는 섣부른 위로는 오히려 잔인한 선의이자 무책임한 기만일 수 있음을 잊지 말아야 합니다. 그러하기에 사회적 애도의 시작은 피해자들과 함께 '왜'라는 물음을 던지는 것에 있습니다.

생명이 우선시 되는 안전한 사회에서 모두가 행복할 권리를 찾기 위해 새로운 연대가 맺어지기를 간절히 바랍니다. 진정한 애도는 사회의 구조적인 문제를 반추하고 바람직한 공동체를 건설하기 위한 연대가 이루어져야 합니다.

그러하기 위해서는 '왜 그곳에 갔는가'에 대한 비난이 아니라 '왜 그러한 참사가 일어날 수밖에 없었는가'하는 물음이 전제되어야 하겠지요. 그리고 국가의 애도는 그 물음에 대한 해명이 우선되어야 합니다.

오늘은 그날로부터 300일이 되는 날입니다. 뚜렷한 해명도, 그 어떤 처벌도 없이 300일이 지났습니다. 죽음에 대한 사회적 과오와 그 의미를 인정받지 못한 슬픔은 언제고 트라우마로 되돌아와 오래도록 우리를 괴롭힐 것입니다.

모두가 '우리'였던 순간, Again!

기억이란 보통 새겨두거나 간직한 과거의 직·간접적 체험을 되살려 생각하는 것을 의미하지요. 그리고 기억은 경험한 당시의 느낌과 감정, 그로 인한 의미 등을 포함합니다.

우리는 누구나 살아가는 동안 각자가 경험한 과거를 떠올리며 살아가고 있지만 그 속에는 상당 부분 그 시대의 문화와 맞물리며 사회적인 것으로 존재하기도 합니다.

그렇게 기억의 배경과 형성에 문화가 관여하고 소통을 이끌어 내어 형성된 기억을 '문화적 기억'이라고 부릅니다. 그러한 문화적 기억은 개인의 기억을 넘어 집단이 공유한다는 것에 의미가 있을 것입니다.

4년에 한 번, 지구촌이 들썩이는 축구 축제 월드컵이 열릴 때면 어김없이 2002년이 떠오르는 이유 역시 이제는 '역사'가 된 그때의 강렬했던 문화적 기억에 있을 것입니다. 그래서 지역과 세대, 이념의 갈등을 떠나 모두가 '하나'임을 경험하고 '일체감'을 느꼈던 2002년 월드컵은 20년이 지난 현재에도, 그리고 앞으로도 두고두고 회자될 집단 기억인 것입니다.

거리를 수놓은 붉은 물결과 힘찬 구호, 마치 혁명의 순간과도 흡사했던 그때의 즐거운 축제를 단순히 월드컵이 촉발한 우발적 현상이라고 설명하기엔 부족할 것입니다. 그것은 한편 민족의식과 공동체의 정체성을 확인하는 역사적 사건이었습니다.

대한민국을 열광의 도가니에 빠지게 했던, 그 기이할 만큼 거대한 응집력을 어떻게 설명할 수 있을까요. 물론 드라마틱했던 기적의 4강 신화가 그 원천이었음은 당연하지만, 그 이면에는 1997년부터 2001년 8월까지 4년간 지속되었던 IMF와 경제적 고난, 그리고 불황이 안긴 불안감과 억압된 욕망이 자리했으리라 생각됩니다.

희망이 간절한 시대 '하면 된다', '꿈은 이루어진다'라는 막연한 이상을 축구가 현실로 만들어 준 것입니다. 광장에서, 혹은 각자의 집에서 벽을 뚫고 공명했던 '대~한 민국' 구호는 우리의 정체성을 확인함과 동시에 세대와 계층, 성의 경계를 허물고 '할 수 있다'는 극복과 긍정의 체험을 안겨주었습니다. 그리고 그때의 기억은 선명하게 남아 다시 우리의 삶에 긴 여운을 남기고 지속적으로 영향을 미치고 있지요.

2002년 이후 월드컵은 4년에 한번 어김없이 개최되었으나, 2022년 유독 그날의 잔상이 오래 머무는 것은 다른 듯 닮은, 시대적 상황 때문일 것입니다. 거리두기를 해야 했던 긴 시간의 먹먹함과 먹구름 걷힐 기미가 보이지 않는 경제, 꽃 같은 젊은이들의 죽음을 바라봐야 했던 절망과 분노, 반복되는 이념 갈등으로 얼룩진 정치까지 우리는 참 힘든 날들을 버티고 있지요.

붉은 티셔츠를 입고 같은 곳을 바라보며 구호를 외치는 거리 응원의 모습만으로도 마음이 시큰하고, 서로를 부둥켜안으며 환호할 수 있음이 감격적인 것도 모두 그러한 이유 때문일 것입니다.

2002년 월드컵이 새로운 희망을 꿈꾸던 당시 사회 분위기 속에서 '꿈은 이루어진다'라는 4강 신화를 이뤄내었다면 2022년은 '중요한 건 꺾이지 않는 마음'이라는 열정으로 기적과도 같은 16강을 안겨줬습니다.

그 여운이 2002년 그때처럼 오래 남아 무엇이든 해보기 위한 동력이 되기를 간절히 바랍니다. 돌이켜보면 모든 시대는 난세였으나, 그럼에도 불구하고 '역사가 된 그날'처럼 말입니다.

'젠다기 미그자라' – 그래도 삶은 계속된다

우연히 소설 「연을 쫓는 아이」를 뒤늦게 읽었습니다. 「연을 쫓는 아이」2003는 아프가니스탄인이 영어로 쓴 최초의 소설입니다. 전쟁과 내전, 그리고 9·11테러까지 폭력으로 얼룩진 아프가니스탄의 역사를 배경으로 인간의 우정, 사랑, 용서와 같은 휴머니즘을 그린 감동 서사시와 같은 작품이지요.

전쟁과 인종, 종교 갈등으로 인한 내전 속에서 삶을 이어가고 있는 무모하리만치 '선한' 사람들의 이야기는 깊은 울림으로 다가왔습니다. 그러나 무엇보다 20년 전의 소설이 지금도 먹먹하게 다가온 연유는 끝나지 않는 전쟁으로 불안한 국제 정세와 자연재해까지 덮치며 고통이 반복되고 있는 현실 때문이었을 것입니다.

소설은 아프가니스탄의 역사를 배경으로 두 소년의 성장스토리를 담았습니다. 그러나 작가가 두 소년의 이야기를 통해 전달하고자 하는 진정한 의미는, 연약하지만 그들이 품고 쫓았던 '희망'에 있지 않을까 생각했습니다.

이해하기 힘들지만 이해할 것도 같은 모든 이질적인 현실에서 모두가 잊지 않아야 할 것은 '죄책감'에서 비롯된 '선'이라는 희망에 있지 않을까요.

여기서 '죄책감'은 직접적인 폭력은 물론 비겁함, 무관심, 방관에 이르는 폭넓은 의미를 함축하고 있습니다. 그리고 그것은 국가는 물론 비인간적인 폭력을 휘두르는 집단과 개인 모두를 포함합니다.

각자의 진실을 회복하고 용서를 구하는 길은 결국 꺼내어 놓지 못했던 스스로의 죄를 고통스럽게 들춰내는 것에서 시작해야 하는 것이겠지요.

작가는 한 인터뷰에서 '자신의 영향력은 무엇인가'에 대한 질문에 '작가가 의도했든 아니든 소설의 기능 중 하나는, 사람들이 자기 삶의 벽을 뛰어넘어 잠시 다른 사람의 세계에 살도록 돕는' 것이고 그를 통해 우리는 '깊은 인간적인 것들에 묶여 있다는 것을 본다'고 대답했습니다. 깊은 인간적인 것들이란 가족에 대한 사랑이며 또한 물려주고 싶은 감각이며 우리가 찾아야 할 진정한 의미에 있습니다.

작가가 아프가니스탄의 사회, 역사와 결부시켜 아미르의 처절한 성장 스토리를 웅장하게 풀어놓은 것은 당연하지만 당연하지만은 않은, 연약하지만 때로 '미친 것' 같기도 한, 인간의 보편적 휴머니즘에 대한 희망에 있다고 생각됩니다.

소설 속에서 '너를 위해서라면 천 번이라도' 끊어진 연을 쫓는, 그 성실한 무모함이 폭력의 상흔으로 유년을 빼앗긴 수많은 아이들이 옅은 미소를 회복할 수 있는 최소한의 희망이고 '젠다기 미그자라'아프가니스탄 속담으로 '삶은 계속된다'는 뜻, 계속되는 인생의 동력일 것입니다.

인간의 망각과 이기심이 어리석은 폭력을 반복하고 있는 것이 사실이지만, 진실을 복원하고 평화를 이루는 것 또한 인간의 몫이니까요. 폐허 속에서도 '인간성'을 유지하기 위해 전쟁터에서 버려진 책들을 모아 비밀스럽게 만든 시리아의 지하 도서관처럼 말입니다.

작품에서 작가는 '신'에 대한 물음을 던지지만, 그 물음의 이면에는 '신'이라는 존재에 대한 간절한 염원이 있습니다. 바이러스와 전쟁, 지진과 같은 자연재해까지, 계속되는 재앙이 어리석은 인간에 대한 신의 분노일 수도 있으나 혼돈의 세계에서 우리가 찾아야 하는 '신'은 다름 아닌 보편적 휴머니즘에 있지 않을까 생각해 봅니다. 그러한 휴머니즘이 때때로 기적을 이뤄내는 것 또한 우리는 경험해 봤으니 말입니다.

행복은 성적순이 아니잖아요

1989년 단 한 번이 시험으로 인생이 결정되는 대입학력고사의 강박에 시달리던 여학생이 결국 죽음으로 삶을 마감하는 영화 〈행복은 성적순이 아니잖아요〉가 큰 관심을 불러일으켰습니다.

실화이기에 더욱 충격적이었고 그만큼 공감했던 그 시대의 청소년들은 '그래, 행복은 성적순이 아니잖아요!'를 외쳤습니다. 그러나 그 이면에는 결코 '행복'과 '성적'을 떼어낼 수 없음을 인정할 수밖에 없는 씁쓸한 침묵이 있었습니다.

30년도 더 지난 이야기입니다. 그럼에도 매해 수학능력시험이 치러지는 11월이 당도하면 어김없이 공허하게 '행복은 성적순이 아니잖아요'가 입안을 맴돌곤 합니다.

암기식, 주입식 시험이라는 비판을 받던 학력고사의 대안으로 1993년 대학수학능력시험이 처음 도입되었습니다. 시작은 신선했습니다. 교과서를 달달 외우던 학습 문화에서 창의력과 문제해

결력을 요구하며 사고와 탐구력을 중심으로 전환되었지요. 학교에서는 토론 수업과 작문 수업이 생겨났습니다.

그러나 주입식 교육에 길들여진 부모들의 우려는 사교육 열풍을 몰고 왔습니다. 여전히 개인의 능력은 등급으로 나눠지고 취업을 위한 한 사람의 신뢰는 상당 부분 그가 속한 학교로 결정되며 수많은 시험을 바탕으로 인정된 '자격'이 있어야 기회의 폭을 넓힐 수 있는 것이 현실입니다.

반세기만에 OECD 회원국 국제경제력 10위 반열에 오른 대한민국, 그 중요한 원동력이 높은 교육열에 있음은 모두 공인하는 사실이기도 합니다. 그런데 아이러니하게도 어린이, 청소년들의 행복지수는 10년이 넘도록 최하위에 머물러 있습니다. 수치로만 본다면 우리나라는 공부도 잘하고 부유하지만, 행복하지는 않은 나라인 것이지요.

'행복은 성적순이 아니잖아요'를 외쳤던 학생들은 이제 기성세대가 되었습니다. 그리고 그들은 '어쩔 수 없이' 자녀들에게 공부를 당부합니다. 입시지옥을 건너 사회를 이끌어가는 기성세대가 되었으나 현실은 달라지지 않았습니다. 이름이 바뀌고 항목이 달라졌을 뿐 여전히 아이들은 평가를 위한 공부에 대부분의 시간을 저당 잡히고 있지요.

고등학교 시절, 성적이 부진하다는 이유로 마음을 할퀴는 말들 사이에서 포근한 눈빛으로 '꿈'을 잊지 않게 해주셨던 선생님이 있었습니다. 천식을 오래 앓고 있던 선생님은 어느 날 갑자기 모습을 감추었고 약 한달 뒤 부고 소식으로 돌아왔습니다.

그런데 장례는 돌아가시고 일주일이 지나고서야 치러졌습니다. 이유는 고등학교 3학년이었던 선생님의 자녀가 수학능력시험을 앞두고 있었기 때문이었습니다. 시험이 끝나고 장례를 치러 달라는 선생님의 유언이 있었다고 합니다. 온화했던 선생님이 집에서는 엄격한 어머니였다는 이야기도 들려왔습니다.

학교 운동장에 운구차가 들어온 날, 아이들이 모두 빠져나간 교실에서 울기도 많이 울었습니다. 그러나 한편으로는 선생님과 어머니, 두 가지 모습 중에서 어떠한 모습이 진정한 선생님의 모습이었을까 하는 물음이 밀려오기도 했습니다.

철없고 맹랑한 꿈을 얘기해도 고개를 끄덕이며 귀 기울여 주셨던 선생님, 그러나 자녀에게는 그 마음이 쉽지 않았을 수 있었겠지요. 세상 모든 부모의 마음이 다르지 않으리라 짐작됩니다.

시험을 치르고 나오던 그날이 어렴풋이 기억납니다. 그날이 오면 왜 늦가을 따뜻한 햇살은 숨어버리는지, 공기마저 얼어버린 듯한 매서운 거리를 한동안 멍하니 걸었던 기억. 시험을 치르고 나면 숨통이 탁, 트일 줄 알았는데 전혀 그렇지 않아서 당혹스러

윘던 기억. 그 개운하지 않은 마음과 막막함에 더욱 어깨가 옥아 들었던 기억.

매년 11월, 그날이 오면 나지막이 '수고했다', '잘했다', '괜찮다'를 읊조립니다. 올해도 꽃다운 아이들이 시험장에 들어서겠지요. 행복으로 가는 징검다리, 그 길을 건너는 아이들의 발걸음이 조금은 가볍고 즐거워지길. 그래서 가장 건강하고 환한 미소가 머무르는 그날이 되기를……. 그것은 또한 이미 그 길을 건너 온 어른들의 몫이겠지요.

조금, 쓸쓸한 기록

당신은 어느 긴 길 위에 있습니까

1판 1쇄 발행 2023년 12월 24일

지은이 김 연
발행인 김소양
편 집 권효선
마케팅 이희만

발행처 도서출판 우리글
출판등록번호 제321-2010-000113호
출판등록일자 1998년 06월 03일
주소 경기도 광주시 도척면 도척로 1071
마케팅팀 02-566-3410 **편집팀** 031-797-3206 **팩스** 02-6499-1263
홈페이지 www.wrigle.com

ISBN 978-89-6426-110-1   03810

이 책은 2023년도 제주문화예술재단 예술창작지원금으로 발간되었습니다.